乔治·桑德斯作品

George Saunders

Tenth of December

十二月十日

[美]
乔治·桑德斯
——著——

宋瑛堂
——译——

媒体、名人热评

"人物语调神准,文字优雅、幽暗、真挚、风趣。"

——托马斯·品钦,《万有引力之虹》作者

美国国家图书奖得主

"创作天才的宝典……这本故事集不放弃任何讨人喜欢的机会,怪异、超现实,甚至用黑色幽默看待非常正经的事……乔治·桑德斯会让读者怀疑自己是不是从来没读过小说。"

——卡勒德·胡赛尼,《追风筝的人》作者

"超现实,却字字见血。"

——玛格丽特·阿特伍德,《使女的故事》作者,

布克奖得主

"自马克·吐温之后,讽喻现世最精辟、最风趣的美国作家非桑德斯莫属。桑德斯先生有道德上的严肃,而且善感,完美地写出了我们身处的时代的疯狂。世世代代的人会持续阅读他的作品。"

——扎迪·史密斯,《白牙》作者

"乔治·桑德斯通过《十二月十日》证明,他是当代最具颠覆性、最诙谐幽默,也最直指人心的作家。配得上如此赞誉的作家并不多,但桑德斯是一位真正充满创造力的作家——创意源源不绝,且牢牢地植根人性。"

——珍妮弗·伊根,《时间里的痴人》作者,
普利策奖得主

"(乔治·桑德斯是一位)具有多面性的作家,作品看起来很简单,深入阅读后才会发现其实复杂得不可思议。"

——约书亚·弗里斯,《曲终人散》作者

"乔治·桑德斯是位独特的作家,没人写得和他一样。如果你真的想要读点有意义的故事,我指的是关于生与死,或者关于正义,

你就得读桑德斯的故事。没人比他写得更好,没人。"

——戴夫·艾格斯,《揭秘风暴》作者

"乔治·桑德斯是当代美国最令人兴奋的作家。"

——大卫·福斯特·华莱士

"这几则短篇故事之妙,乐得让我想猛捶自己的脸。桑德斯不负众望,故事不仅逗趣、创新,人物心声也呼之欲出。人性刻画之深刻更是令人动容。"

——乔恩·麦格雷戈,国际IMPAC都柏林文学奖得主

"还不熟悉美国当代短篇小说大师乔治·桑德斯的读者,现在赶快去买这本短篇故事集。天啊,实在是既尖锐又有趣。"

——莫欣·哈米德,《拉合尔茶馆的陌生人》作者

"至少在过去十年里,乔治·桑德斯是以英文写作的短篇小说家中最好的一位,不是'其中之一'或'算得上',他就是最好的……他的作品就像对了无生气的当代社会发出的鸣金巨响,一个伟大的人的伟大的艺术之作。"

——《时代周刊》

"宛如冯内古特的接班人……在桑德斯先生讽刺的目光下,美国既阴暗又疯狂,虽然很残酷却又非常有趣。"

——角谷美智子,《纽约时报》权威书评人

"倘若真的有'作家中的作家',那就是乔治·桑德斯。"

——乔伊·鲁弗,《纽约时报》杂志副主编

"桑德斯的故事惊心动魄,情节如梦境,让人读完有大梦初醒、直面现实的感觉。"

——《人物》杂志

"若说短篇小说大师桑德斯是改变美国小说界进程的推手,也不为过。"

——《华尔街日报》

"桑德斯从二十一世纪的世俗经验中,捕捉到支离破碎的韵律、漫无条理的感官信息、荒诞无稽的现实,当今文坛无人能出其右。"

——《波士顿环球报》

"桑德斯身为美国社会与文学的评论家,今后更可望成为本世纪的乔治·奥威尔。"

——《泰晤士报》

"桑德斯先生宛如纳撒尼尔·韦斯特与库尔特·冯内古特暗通款曲的产物,戴着讽喻的眼镜观察美国,透视黑暗与癫狂的一面,见解也毒辣,至为幽默。"

——《纽约时报》

"毋庸置疑,阅读乔治·桑德斯的故事,是一种前所未有的体验。他讽刺性十足的故事,带领读者来到刘易斯·卡罗尔笔下《爱丽丝漫游奇境记》的世界,只是倍加黑暗……超现实,夹杂着感动与深深的愤怒。"

——《观察家报》

"尖酸刻薄但很好笑,他的故事聪明地结合了滑稽喜剧和奥威尔式的警告,针砭无心守护公共道德的社会,提醒大家不要因为资本主义偏激傲慢的伦理价值而被掠夺了个人的独立思考能力。"

——《每日电讯报》

"以炫人耳目的超写实手法描写挫败的美国社会。"

——《星期日泰晤士报》

"他用温暖和人性来驯化笔下尖锐的讽刺剧和故事里反乌托邦的未来世界……不过,桑德斯不曾用说教来强迫读者思考我们的世界如何失控。每页故事都充满笑料,也不乏意味深远的敏锐审视……本书是最出色、最犀利、最能让人捧腹大笑的短篇故事集。"

——《独立报》

"桑德斯笔下描绘的那个另类的美国,恰恰是今日美国的写照。"

——《时尚》杂志

献给

帕特·帕西诺

目 录

绕场贺胜
001

十字杆
033

幼犬
037

逃离蜘蛛头
053

圣诫
097

鲁斯敦狂想曲
107

森普立卡女孩日记
129

回家
201

骑士败北记
241

十二月十日
255

绕场贺胜

十五岁生日的三天前,艾莉森·波普正驻足在楼梯的最上层。

把楼梯假想成大理石做的。把自己假想成翩翩下楼的女孩,引得众人转过头来。我的"真命天子"在哪里呢?来了来了。他微微鞠躬,惊叹着:你这小包裹身材,怎可能包住如此浩瀚的优雅?哎哟,谁是小包裹啊。而且,他还傻傻地杵在那里,王子一般的大脸上居然面无表情?!可悲啊!很抱歉,我们不可能。他下楼了,他绝对不是她的"真命天子"。

站在"小包裹"先生后面的男士如何,就是站在客厅视听柜旁边的那个?他脖子粗粗的,具有农夫的憨直,嘴唇丰厚不失温柔,一手伸过来,放在女孩的小蛮腰上,低声说:唉,什么"小包裹",刚才那人太冒失了,容我为你刚才的遭遇表示深深的同情。让我们站到月亮上去。呃,不对,站在月亮里……站在月光下。

他该不会真的说了"让我们站到月亮上去"吧?这样的

话,她应该把眉毛挑得高高的。即使不扮出鬼脸,也要说:这……我这身衣裳,不太适合站到月亮上去哦。据我所知,月球表面应该超级冷吧?

别闹了,诸位男士,人家总不能在想象世界里的大理石阶梯上一直步履优雅地踏步吧?戴着王冠的白发老妇人似乎在说:这些号称王子的人,岂可让娇滴滴的小公主原地踏步?!真令人倒尽胃口!更何况,她今晚还有一场芭蕾舞表演,而紧身衣还在烘干机里,非去拿出来不可。

天哪!她发现自己竟依然驻足在楼梯的最上层。

你手握栏杆,脸朝楼上,一次向下蹦跳一级台阶。最近这舞步变得好难,因为某个女孩的脚丫简直一天大一点。

猫舞步,猫舞步。

交换脚,交换脚。①

分隔了客厅地毯和走廊地砖的金属线,腾跃过去。

照着玄关的镜子,向自己行屈膝礼。

快一点啦,妈妈,来这里,不然又要在舞台边挨卡洛老师的严厉斥责了。

太严格了!话虽这么说,她其实很爱卡洛老师,也爱芭蕾

---

① 原文为法语。——本书注释如无特别说明,均为编辑注

班上的其他女生。还有学校的女同学,**爱**她们。大家都那么好。学校里的男生、老师,所有人都很努力。说实在的,她爱整个镇子。爱那个好可爱的蔬果商贩——他会给莴苣浇水!爱那个女牧师卡罗尔——壮硕的腰臀看起来怡然自得!爱那个胖邮差——拿着泡泡信封手舞足蹈!这个镇从前是个"磨坊镇"。听起来很疯狂,对不对?不过,这到底是什么意思呢?

另外,她也爱她家这栋房子。小溪的对岸有座俄罗斯教堂,好有异域风情哦!从她穿小熊维尼连身包脚衣的时候起,洋葱形状的教堂圆顶就是她的窗景。她也爱悦颂巷。在悦颂巷上,家家户户的设计都展现出南加州美学。太神奇了!如果你有朋友住在悦颂巷,不必踏进他们的家一步,你就能摸清里面的所有情况。

小踢腿,小踢腿,划圈。

细碎舞步。①

心情好,突发奇想,向前翻滚一圈,一跃而起,亲一亲那张石器时代拍的相片。相片是爸妈在潘尼百货相馆拍的,里面的自己还是个小可爱(亲一口),头发上的蝴蝶结比大西部还大。

---

① 原文为法语。

有时候,心情这样好,她会想象一只幼鹿在森林里颤抖。

你妈妈去哪里了,小家伙?

我不知道,幼鹿以希瑟的妹妹贝卡的嗓音说。

你怕不怕?她问幼鹿,你饿了吗?要不要我抱抱?

好吧,幼鹿说。

猎人出现了,握着鹿角,把幼鹿的妈妈拖过来,开膛破肚。天啊,这倒好!她遮住幼鹿的眼睛,骂道:卑鄙的猎人,你闲着没事做吗?为什么杀了这孩子的妈妈?亏你看起来还像是个好人。

妈妈被杀了吗?幼鹿以贝卡的嗓音问。

没有,没有,她说,这位绅士说他该告辞了。

猎人被她的姿色迷倒,举帽或掬帽向她致意,单膝跪下说:倘使能让此鹿死而复生,在下愿一试,只求姑娘在老迈的额头上恩赐温柔一吻。

走吧,她说,但求你忏悔期间勿食此牝鹿,让她躺在苜蓿原野上。在她的周围轻撒玫瑰花瓣,并安排唱诗班,柔声为其横祸哀悼。

让谁躺下?幼鹿问。

没人,她说,别管了。不要问个不停啦!

猫舞步,猫舞步。

交换脚,交换脚。①

她满怀信心,相信"真命天子"一定会从海角乘云而来。本地的男生有一种只可意会不可言传②的特质,一种说也说不清楚的感觉。而那种特质呢,老实说,她不是非常③喜欢,例如:给自己的蛋蛋取名字,还不小心被她听到!而且,本地的男生有个相同的志愿,就是去郡电力局上班,因为电力局的制服很拉风,而且不用花钱买。

所以,她不考虑本地的男生,尤其不考虑马特·德雷。他是地球第一大嘴的主人。昨晚球赛前的动员会上跟他接吻,简直像在吻地下道。恐怖!被马特亲的感觉,就像一头穿毛衣的牛向自己压下来,而且这头牛被人拒绝还不认命。他那颗大牛头被荷尔蒙泡得七荤八素,淹没了原本就少得可怜的理智。

她向往主宰自我,掌握自己的身体、自己的心智、自己的思想、自己的职业、自己的前途。

她向往的就是这些。

就这样吧。

---

① 原文为法语。
② 同上。
③ 同上。

让我们来些小点心。

法式轻简餐。①

艾莉森特不特别？她是不是自认特别？哎哟,人家怎晓得。从古至今,比她更特别的人多的是。海伦·凯勒就够厉害的;特蕾莎修女也很特别;虽然老公是残障人士,罗斯福夫人的个性却挺开朗的,再加上她是女同志,一嘴大牙齿。那个时代的人,根本不会把"同志"和"第一夫人"联想在一起。艾莉森呢,她自知无法跟这些女士在同一项目上一较高下。起码还不是时候啦!

世界上好多事她都不懂呢!例如怎么换机油。她连怎么检查机油都不会。引擎盖怎么打开？巧克力布朗尼怎么做？最后这个,身为女生的她不会,好丢脸哦。咦,什么是房贷？是买房子附赠的东西吗？哺乳的时候,要用手去把奶水挤出来吗？

天啊,那人是谁啊?！她从客厅窗户向外看,见到一个单薄的身影,正在悦颂巷快步前行。是凯尔·布特,那个举世最苍白的男孩吗？长这么大了,他还穿那种离奇的越野赛跑运动服。

---

① 原文为法语。

可怜的家伙,他看起来像一具留着鲻鱼头发型的骷髅。那种越野短裤是《霹雳娇娃》时代的古物吧?他整个人一点肌肉也没有,却能跑得那么快,怎么做到的?他每天都这样,打着赤膊背着书包,路过冯家后立刻按下遥控器开门,然后一步也不迟疑地直奔自家车库。

令人几乎不得不佩服这个小傻瓜。

艾莉森和他一同长大,在溪边有个共享的玩沙盒,两人曾是和乐融融的一对小娃儿。听大人说,那时两个人因为都尿了一身,还是怎么回事,还一起洗过澡呢。但愿这段糗事永远不要再被人提起了。因为,以交友的层次来说,凯尔的等级基本上跟菲迪·斯拉夫科差不多。菲迪走路时,上身严重后倾,老是抠着牙缝的食物残渣,抠出之后,还以希腊语宣布其名称,然后吃掉。凯尔的爸妈什么事也不肯让他做。世界文化课如果有视听教学,片子可能有裸露胸部的画面,他也一定要先打电话征求爸妈同意。他的便当盒里,每种食物都贴上了标签。

细碎舞步。①

来个屈膝礼。

---

① 原文为法语。

在老旧的特百惠分格保鲜盒里倒满奇多芝士条。

谢了,妈妈;谢了,爸爸。你们的厨房超棒的!

她摇一摇保鲜盒,动作宛如淘金,分给想象中聚集而来的穷人。

请尽情享用。还有需要我效劳的地方吗?各位尽管说。

你放下身段,跟我们讲话,就已经足够了,艾莉森。

才不是呢!你们难道还不明白吗?所有人都应该受尊重,每个人都是一道彩虹。

呃,是吗?看看我这副干瘪的臭皮囊,侧腰上这个大伤口,看见没?

我去帮你拿凡士林过来。

感激不尽。这病简直要了我的命啊。

每个人都是一道彩虹吗?她是真的相信。大家都很厉害。妈妈很棒,爸爸很棒;学校的老师们也很尽职,还要照顾自己的孩子。有些老师虽然在闹离婚,却照样不辞辛劳地带学生,例如迪斯老师。迪斯老师特别令她钦佩的一点是:尽管她的老公背着她和保龄球馆的女经理偷情,她照样把伦理课上得有声有色。她不时问学生:善能不能战胜恶?坏人可以不顾一切瞎搞,好人是不是永远倒霉?最后这句,迪思老师似乎在暗指保龄球馆情妇。不过,说真的,人生是欢乐的还是可怕的？人性本善或本恶？一方面，在教学短片里，一群苍白枯瘦的人被压垮，而白白胖胖的德国女子却袖手旁观，猛嚼口香糖；另一方面，农场盖在小山上的农夫，有时候也熬夜做沙袋，帮低洼处居民的忙。

老师叫大家投票表决。艾莉森一票投给"人性本善、人生欢乐"。她陈述个人观点：做好事只需下定决心，只需勇敢，只需挺身维护正义。老师听了，赏她怜悯的一瞥，听到最后一句时，甚至发出了怨叹声。我呢，倒觉得无所谓。毕竟迪斯老师的世界充满痛苦——但依然有趣？不过呢，有意思的是，老师显然也觉得人生有欢乐，觉得人性有善意。不然的话，她何苦熬夜改作业，隔天满脸倦容走进教室。她一大早摸黑起床，衣服穿颠倒，生活秩序大乱，让人看了心疼。

有人在敲门。后门。这——可——有意思——了。会是谁呢？是对面的德米奇神父吗，还是快递UPS、联邦快递，还是寄给爸爸的一张小支票①？

小踢腿，小踢腿，划圈。

细碎舞步。②

把门打开来，门外是——

---

① 原文为法语。
② 同上。

门外站着一个她不认识的男人,体形高大,穿着抄表员的背心。

她的直觉告诉她,最好退回屋里,把门用力摔上。可是,这样做好像不礼貌。

结果,她只是呆愣地站着,微笑着,(眉毛高挑)似乎在问:有何贵干?

凯尔·布特穿过自家车库,进入客厅。客厅里面有个像大时钟一样的木制指示板,指针指向"全家外出"。其他选项包括:"爸爸＆妈妈外出""妈妈外出""爸爸外出""凯尔外出""妈妈＆凯尔外出""爸爸＆凯尔外出"以及"全家都在"。

全家都在的时候,大家应该都知道吧,这个选项不是画蛇添足吗?要不然,他去问问爸爸——那个在楼下有个安静的木工室,棒得没话说,并在木工室里设计了这座"家人状态指示钟"的人?

哈。

哈哈。

一张**任务通知**,摆在厨房岛的桌面上。

　　给童子军:新的水晶洞放在院子阳台上,按照图示摆进院子,不许乱来。先在院子找一块地,耙一耙,按照我教的方式放一张塑料布,然后把水晶洞放上去。**这个水晶洞很贵,**务必认真对待。必须在我回家前完成。本任务=五(5)工作积分。

天啊,爸爸,我才跑完整套越野特训,包括16趟440码[①]短跑、8趟880码短跑、一次一英里[②]计时跑、无数次德雷克折返跑,以及一场五英里的印第安接力赛,还要进院子做苦工到天黑,像话吗?

脱鞋,小伙子。

想得美,已经晚了。凯尔已经跑到电视前面,背后留下一道自证其罪的泥印。严重违纪。泥印能用手收拾干净吗?不过,问题是:如果他回头沿路收拾泥印,就会留下另一道自证其罪的泥印。

他脱掉鞋子,站在原地,脑海排演着一幕他所谓的**"假如……这时"**。

假如爸妈**这时**回家,他要如何应对?

爸爸,我告诉你,好好笑哦!我刚才没经大脑,就冲进来

---

① 1码等于0.914 4米。
② 1英里等于1 609.344米。

了,然后才发现鞋子忘了脱!不过呢,现在一想,好在我反应快,赶紧自我纠正!我之所以没经大脑就冲进来,是因为我想尽快照爸爸的指示去办正事!

他穿着袜子,奔向车库,把鞋子扔进车库,冲向吸尘器,吸掉泥印。这时猛然发现,妈妈咪呀,刚刚把鞋子甩进了车库,而不是照规定放在脚垫上——鞋尖向外,以便出门时穿上。

他步入车库,把鞋子在脚垫上摆好,然后走回屋内。

爸爸在他的脑海里叮咛:童子军,有人告诉过你吗,即使是维持得最整洁的车库,地上也难免会有油污?现在那油污就黏在你的袜子底下,把那张柏柏尔地毯弄得脏兮兮。

天啊,那可要倒大霉了。

幸好——庆祝好时光,快来哟——地毯上不见油污。

他剥掉袜子。虽然客厅里是严禁赤脚的——绝无例外。如果爸妈回家,发现他一副人猿泰山的模样,活像没素质的混混,保证他妈的……

在脑子里骂脏话?爸爸在他脑子里说。喂,童子军,多一点男子汉气概,行不行?想骂脏话,就骂出声来。

我不想骂脏话。

那就别在脑子里骂。

他有时候会在脑子里骂脏话,假如爸妈听得见,肯定会忧愁到心痛。为什么脏话骂个不停？爸妈对他的期望那么高，每星期发电子邮件向爷爷奶奶、外公外婆吹嘘说：凯尔最近超级忙，虽然才高二，却要勤练校际越野赛，又不能影响到成绩；每天还得抽空制作一些了不起的东西……

他到底是哪根筋断了？爸妈为他做了这么多，为什么他不懂得感恩，反而……

想赶走邪念，可以用力捏一捏仅存的腰间赘肉。

好痛。

对了，今天是星期二，是"兑换大奖"日。摆置水晶洞可多赚五（5）任务积分，加上先前的二（2）任务积分，总共有七（7）任务积分。如果加上八（8）家务积分，就能累积十五（15）总积分，能兑换一个大奖（例如两把酸奶口味的葡萄干），外加二十分钟的自选电视节目，但是在兑现之前，必须先和爸爸商量好具体的节目。

童子军听好，最不允许你看的节目就是《全美最直言不讳的越野摩托车手》。

随便啦。

随便啦，爸爸。

真的吗，童子军？"随便啦"？再讲一句"随便啦"试试看，我会取消你所有的大奖积分，强制你退出越野赛跑。我警告过多少次了,你再不表现出一点欣然遵从的态度,我说到做到。

不要,不要,不要。我不想退出,爸爸。求求你。我很厉害的。不信,你等着看我正式上场比赛。连马特·德雷都说……

谁是马特·德雷?美式足球队里那只猩猩吗?

对。

他说的话是法律吗?

不是。

他说了什么?

臭小鬼还真能跑。

措辞很文雅嘛,童子军。但那些不过是猩猩语。反正你可能连资格赛都过不了关。你的自大好像泛滥出溪岸了,凭什么呢?就凭你能跑跑?跑跑而已,谁办不到?荒郊的野兽也能跑跑。

我绝对不退出!拜托,求你了,我只擅长这个!妈妈,如果爸爸逼我退出,我对上帝发誓,我一定……

小题大做不适合你,我挚爱的独子。

童子军听好,参加团体运动竞赛是一种特权。如果你想要这种特权,先表现一下让我们看看。我们为了你好,设计了一套合情合理的规矩体系,看你是否能过上符合这种要求的生活。

有人来了。

一辆面包车刚刚驶进了圣米克海尔教堂的停车场。

凯尔走进厨房,态度节制而绅士,走向厨房柜台,上面是凯尔的交通纪录簿。这份记录簿肩负两项使命:(1)作为父亲要求德米奇神父建一道隔音墙的论据;(2)为一个潜在的科学展项目收集数据,父亲为其取名"每周单日教堂停车场噪音音量比较,附全年周日的音量记录"。

凯尔一脸满足地微笑着填写纪录簿,以非常清晰的笔迹写下:

车辆:**面包车**。

颜色:**灰色**。

厂牌:**雪福莱**。

年份:**不详**。

有人下车了,是一个寻常的俄国佬。"俄国佬"是一个可以说的俚语。"靠"也可以,"他奶奶的"也可以,"狗屎"也行。那个俄国佬穿着牛仔夹克,里面是一件连帽衫。以凯尔的经验而言,俄国佬以这种打扮上教堂并非不寻常。他们从连锁车行下班后,直接穿着工装裤就去教堂做礼拜了。

在"驾驶员"一栏,他写下:**可能是教区信徒**。

这下完了。呃,应该说糟透了。因为这是个陌生人,他,凯尔,现在不得不待在室内,直到对方离开这一带,他才可以出门。这彻底打乱了他放置水晶洞的计划,害他三更半夜才能去院子,这人真是害虫一条!

这人穿上了荧光背心。啊,原来这家伙真是个查表员。

查表员左看看、右看看,从小溪对岸跳过来,进入波普家的后院,经过足球反弹练习板和休闲游泳池,然后敲了敲波普家的门。

蠢货,跳跃的姿势不错嘛。

门开了。

艾莉森。

凯尔的心欢唱着。一直以来,他以为这只是种比喻的说法。艾莉森就像是国宝。翻开字典查"美女"一词,就应该看到她穿着那条牛仔裙裤的插图。可惜的是,最近她好像不太喜欢凯尔。

这时候,艾莉森走过她家的后院门廊的平台,因为查表员指着东西叫她看。是屋顶的电线出毛病了吗?查表员似乎急着叫她看,急到握住她的手腕,而且他们好像在拉扯。

怪事,太奇怪了吧。这一带从来没发生过怪事,所以,应该不要紧。这男人八成是新来的查表员吧。

不知不觉,凯尔走出门,踏上后院门廊的平台。他走了出来。那个男人愣住了。艾莉森的眼睛像惊慌的马的眼睛。男人清一清喉咙,微微转身,让凯尔看一样东西。

一把刀。

查表员拿着一把刀。

男人说:照我的话乖乖去做,站在那里别动,直到我们离开。敢动一下,别怪我一刀戳进她的心脏。我说到做到,懂了吗?

凯尔感到口干舌燥,只能无声地动动嘴唇回答:"明白。"现在,查表员和艾莉森走过了院子。她扑倒在地,男人搀扶她站起来。艾莉森的爸爸为她把院子整理得安全、完美,如今她却像个布娃娃似的东倒西歪,这幅景象太离奇了。她又扑倒在地。

男人咬牙对她讲了一句话,她站起来,忽然变得很温驯。

凯尔平时遵循大大小小的规矩,繁不胜数,现在不知违反了多少条。他赤脚站在门廊的平台上、打赤膊站在门廊的平台上。附近出现陌生人,他不但走出家门,而且还和陌生人交流了。

上星期,肖恩·鲍尔戴了一顶假发去学校,想更加传神地模仿贝弗·米伦紧张嚼头发的模样。凯尔见了,也考虑过出手阻止。同一天晚上,开家庭会议时妈妈说,她认为凯尔决定不出手是明智的抉择。爸爸说,与你无关的闲事少管为妙,不然你有可能会挨一顿毒打。妈妈说,想想看,挚爱的独子,我们为了栽培你,投入了多少资源。爸爸说,我晓得,我们有时候显得很严格,不过,你真的是我们的一切。

艾莉森被押到足球反弹板那里了。她一手被拗向背后,反复低声拒绝着。好像她想发明一种声音,来准确地传达出她顿悟此刻大事不妙的心情。

凯尔只是个小孩子,无计可施。每当他屈从于父母定下的规矩时,胸口总有一股压力获释的舒坦感。这时的他就有这种感觉。水晶洞放在他的脚边,他应该一直看着这个水晶洞,直到这两人走掉为止。这个水晶洞很不错,也许是至今最棒的一个。水晶的切口在阳光下晶莹闪烁,摆在院子里很有看头。但要先摆进院子,才有看头。等这两人离开再说吧。即使历经这番波折,他仍记得在院子摆置水晶洞,爸爸知道后一定会表扬他。

这才像话嘛,童子军。

我们很欣慰,挚爱的独子。

表现很不错,童子军。

天啊,不会吧。成功了。原本就料想她会乖乖照剧本演,现在果然成功了。自从那天参加忘了叫什么名字的孩子——貌似是谢廖加的孩子——的施洗礼时,远远地看见她后,就一直念念不忘。当时他就在那间俄国教堂里,而她站在自家的院子里,她爸爸还是什么人正在替她拍照。

一看见她,他脱口而出,哈喽,小妞。

肯尼说,她太嫩了吧,老兄。

他说,配你是太嫩了,老爷爷。

纵观历史的时候,你会把自己的时代视为迂腐的一代。自古以来,就有很多不成文的习俗。在信奉《圣经》的年代,国王御驾经过田野并说:就那个。被钦点的姑娘便会被带去晋见国王,然后依礼成婚。如果她为国王添丁,那太好了。张灯结彩吧,国王娶对了姑娘。洞房之夜,姑娘享不享受?八成不享受。会不会怕得瑟瑟发抖呢?不重要。重要的是生下儿子,延续香火。何况,国王如果大悦,更能显得皇威凛凛。

他们来到小溪边。

他押着她涉水而过。

决策矩阵里接下来的待办事项是:把她押至面包车侧门,推上车,跟着上车,把手腕/嘴贴上胶带,挂在铁链上,发表演说。他把演讲稿背得滚瓜烂熟。在脑海排演过,也对着录音机练习过:死心吧,亲爱的。我知道,你怕我只是因为对我还不熟,因为你今天没料到会出这种事。只要给我一个机会,你就能明白,我们将会是美满的一对。你看,我把刀子放在这里,应该用不着,对不对?

如果她不肯上车,就用力给她肚子一拳,然后把她抱到车子的侧门,推上车,把手腕/嘴贴上胶带,挂在铁链上,发表演说,等等,等等。

停,站住,他说。

小姐停了下来。

该死,车子的侧门锁着。这也太没条理了。前置作业的事项明明写着:确保车门不上锁。他的脑海浮现出梅尔文的脸。梅尔文一脸失望至极的表情。而梅尔文脸上出现这种表情之后,他免不了挨一顿揍,接着必定发生另外那件事。双手举起来,梅尔文说,自我防御。

有道理,有道理。只是个小失误,没错。前置作业的事项应该再三检查才对。

没什么大不了的。

开开心心的,不要怕。

梅尔文十五年前就死了,妈妈死于十二年前。

小贱人现在转身了,看着她的家。不能让她为所欲为。

这种态度要及早矫正。应该提醒自己:尽早揍她一顿,以树立威信。

妈的,转过来!他说。

她转过身来。

他打开锁,一把拉开车门。关键时刻到了。如果她上车,乖乖让他贴上胶带,一切就好办。他事先去沙克特镇踩点,选好了地点。那是很大一片玉米田,只有一条土路可通。如果这票干得好,他就直接开上公路,开着这辆车远走高飞。面包车是为了今天的计划,从肯尼那儿借的。去他的肯尼。肯尼有一次骂他是笨蛋。算你倒霉,肯尼,骂一句,丢一辆车。如果这票干得不好,性致没有被她好好激起,他就中断行动,解决目标,将碍事的东西扔下车,视情况清扫车内;去买玉米,把面包车交还给肯尼,说:喂,老弟,我买了一大堆玉米,谢谢你的车。开我那辆的话,绝对装不了这么多。事后,避一阵子风头,关注报纸上的消息,就像他对付那个撩不起性致的红发妞……

这个小妞露出一副恳求的表情,像在说:求求你,不要。

是时候了吗?趁现在捶她肚子,打得她直不起腰?

是时候了。

动手。

这个水晶洞好美。好漂亮的一个水晶洞。怎么会这么漂亮呢？美丽的水晶洞具备哪些基本特质？动动脑筋啊，快专心想一想。

假以时日，她会好起来的，挚爱的独子。

不关我们家的事，童子军。

你优秀的判断力令我们喜出望外，挚爱的独子。

他隐隐约约注意到，艾莉森挨了一拳。他的视线固定在水晶洞上，只听见闷闷的一声"砰"。

他怎能任凭这种事发生？想到这里，他心往下一沉。幼年时，两人常拿小金鱼饼干当货币玩，常用石头造桥。在那小溪边，在那小时候。天啊，刚才他就不应该踏出家门的。等他们一走，他就转身进门，假装一步也没出来过，在家中搭建模型铁路小镇，直到爸妈回家时仍玩个不停。如果最终有人对他说起这件事呢？摆出那个表情不就好了？事后装蒜的表情是哪个？有了！什么？艾莉森？被强暴？被杀了？天啊！她被强奸并谋杀了，而我那时正盘腿坐在地上，心无旁骛地搭建着铁路小镇，就像一个小傻……

不！不行，不行，不行。他们很快就会走的。等他们走了，他再进屋，打911报警。不过，那样的话，大家就都会知道他见死不救。以后他会痛苦一辈子,他将永远是"那个见死不救的人"。何况,到时再报警也无济于事,两人早就不见了。林荫大道就在费瑟石东街的另一边,从那里仿佛延伸出去一百万条动脉还是叶形交流道还是其他别的什么。就这么办吧,等他们一走,赶快进门。走、走,快走啊,他心想着,等我进门后,当作什么也没发生过……

然后,他拔腿开跑,奔过草坪。天啊!为什么做这种事?!为什么做这种事?!糟糕,可恶,违反太多规矩了!在院子里奔跑(对泥土不好),在没套上护套的情形下搬运水晶洞,翻围墙,压坏了造价高昂的围墙;离开院子,赤脚离开院子,不经允许进入二级区域,赤脚踏入小溪(充满碎玻璃和有害微生物)。他已经违反的项目还不止这些。心里晕陶陶的,打着什么鬼主意?天啊,他突然意识到了。他想违反的是一条颠扑不破的规矩。这规矩重大到超越了规矩,因为不需人为立下规矩,人人都应该心知肚明,万万不可去……

凯尔冲过小溪,那坏人依旧没转身。凯尔扔出水晶洞,水晶洞飞向那人的头。石头撞击头颅,发出一种血水渗漏的怪声音,然后凯尔眼看着那坏人的头骨被撞得凹陷下去,一屁股坐在了地上。

哦!得分!太好玩了!打倒成年人真好玩!运用这双人

类史上前所未有、快如瞪羚的迅雷飞毛腿,无声穿越时空,适时力擒这只大呆瓜,就在他正要……

假如他束手旁观呢?

天啊,如果他见死不救,后果会怎样?

凯尔想象坏人压着艾莉森的腰,仿佛将她折成一个浅色的衣物送洗袋,扯着她秀发,粗鲁地冲撞;凯尔自己则缩头乖乖坐着,婴儿似的笨手握着细小的铁路高架桥……

天啊!他跳过去,把水晶洞砸向面包车,挡风玻璃应声塌陷。碎玻璃如雨般掉进车内,宛如数千个竹板小风铃齐鸣。

他急忙爬上引擎盖,捡回水晶洞。

不会吧?不会吧?你真打算毁掉她的一生、毁掉我的一生吗?你这个野兽。现在谁是老大,你这个……

活到这么大,凯尔头一次感觉如此坚强/愤怒/狂放。威风的人是谁?你该喊谁爸爸?接下来该怎么办,才能保证这个禽兽不会再害人?变态,你竟然还能动?你这个自摸狂,还在打什么歪主意?已经头破血流的你想在头上再开一个血洞吗,大个子?你以为我不敢?你以为我……

放轻松,童子军,你情绪失控了。

别急,慢慢来,挚爱的独子。

闭嘴。我是我自己的主人。

该死!

搞什么?我怎么会坐在地上?被绊倒了吗,还是被人暗算了?被掉下来的树枝来砸中了?该死。他摸摸头,伸手发现鲜血淋淋。

瘦竹竿小子弯下腰,正捡起什么东西。一颗石头。这小子怎么从门廊溜过来了?刀子哪里去了?

小妞哪里去了?

她像螃蟹一样,正爬向小溪。

她飞奔过自家院子。

她冲回了家里。

该死,整件事搞砸了。最好快溜吧。怎么溜?靠这张帅脸吗?他身上只有差不多八美元。

啊,糟糕!臭小子把挡风玻璃砸碎了!用那块石头!肯尼肯定会气到发疯。

他想站却站不起来。血哗哗直流。他不准备再吃牢饭。绝对不要。割腕解脱吧。刀子哪里去了?一刀刺进胸部吧。自我了断才高尚。死后才可留名。那群狐群狗党里面,谁有胆一刀扎进自己胸口?

没有人。

一个也没有。

快呀,胆小鬼。动手。

不对。国王不会自我了断。王者默默承受暴民的无端责难,静候东山再起的契机,奋起再战。何况,他不知那把刀子在哪里。算了,他也用不着。他还是爬进树林,赤手空拳打死什么动物来果腹吧。不然,绑草做个陷阱也行。呕,他是要吐了吗?没错,他吐了,就吐在了自己大腿上。

连最简单的事你也会搞砸,我就知道,梅尔文说。

梅尔文,天啊,我的头上血流得这么严重,你瞎了吗?

被一个孩子打成这样。你简直是个笑话,被一个孩子解决了。

糟糕,是警笛,死定了。

哼,今天算警察倒霉。他会跟警察进行肉搏战。他将冷眼等警察靠近,以意志力集中全身的力气,静待最后一刻,赋予双手致命的攻击力。

坐着思考自己的拳头,把它们想象成花岗巨岩。它们是两条比特犬。他想站起来,不知为什么,双腿却罢工了。他希望警察赶快来。他的头真的好痛,伸手去碰一碰,能摸到松动的东西,简直像戴着一顶血帽。这下免不了要缝几十针,希望缝的时候不会太痛。不过,八成会很痛吧。

瘦竹竿小子哪里去了？

有了，在这里。

孩子高高站在他身旁，挡住了太阳。孩子高举着石头，高喊着什么，他听不清楚，因为耳膜嗡嗡响。

接着，他眼看着孩子即将砸下石头。他闭上眼，心里不但不平静，反而觉得有一股难受的恐惧感涌进胸腔。如果恐惧感以这种速度膨胀下去……他突然领悟到：他即将前去的地方有个名称，叫作**地狱**。

艾莉森站在厨房窗前。她尿裤子了。不要紧。人难免会这样，都有恐惧到极点的时候。刚才打电话时，她就注意到自己的手抖得厉害，现在还在抖。一条腿像《小鹿斑比》里的那只小白兔那样跺着地。天啊，坏人刚刚对她说那种话，殴打她、掐她。她手臂被掐出一大片乌青。凯尔怎么还站在那里？他确实还站在那里，穿着那条滑稽的短裤，那么自信地来回踱步，手举在头的两侧，像平行宇宙的拳击手。在另一个宇宙里，像他这种瘦皮猴真的能击倒持刀汉。

等一下。

他并没有握拳。他其实握着刚刚那块石头，对着跪在地上的坏人吼叫。历史老师播放过一个教学影片，里面有个囚犯被蒙住眼睛,即将被戴着头盔的行刑人用剑处决。这个坏人的姿势跟那个囚犯一样。

凯尔,不要,她低声说。

事后的几个月里,她噩梦连连。梦见凯尔拿着石头向下砸,她则站在门廊的平台上,想叫他的名字,却喊不出声音。石头砸了下去。接着,坏人的头不见了。被这么一砸,整颗头像是蒸发了一样。然后,坏人的身躯倒了下去,凯尔转向她,脸上的神情令人心碎,像在说:我完蛋了。我杀了一个人。

她有时候纳闷,做梦时,为何连最简单的事情都做不到?比方说,梦见一只小狗站在玻璃碎片上哭,想抱起它,想替它清掉脚底的碎玻璃,却发现自己头上顶着一颗球,无法动弹;比方说,梦见自己在开车,看见有个老头拄着拐杖走着,因此转头问驾驶教练费德老师:要不要转弯绕过他?老师说:呃,大概吧。这时,只听见"砰"的一声巨响,老师在本子上打了个叉。

有时候,她梦见凯尔,惊醒时哭喊不停。最近一次醒来时,爸妈已经坐在床前,说着:事情的经过不是那样,记得吧,艾莉?事情是怎么发生的?说吧,说出来。艾莉,把真正的经过,讲给爸爸和妈妈听,好不好?

艾莉森说,我跑到外面,我大叫。

没错,爸爸说,你大叫着,声音好响亮。

凯尔呢,他做了什么事?妈妈说。

砸下石头,她说。

你们两个孩子碰到一件坏事,爸爸说,幸好,情况没有变得更糟。

不至于无法挽回,妈妈说。

不过,多亏你们两个,爸爸说,才没有变得更糟。

你的表现好棒,妈妈说。

可圈可点,爸爸说。

十字杆

每年感恩节之夜，爸爸都会拖着一套圣诞老人装出门。我们全跟在他后面，走到大路上，看着他把衣服挂在院子里的一个十字架形状的东西上。这个十字杆是他用金属杆制成的。到了"超级碗"的那星期，他会为十字杆穿上球衣、戴上罗德的头盔。如果罗德想拿回头盔，必须先征求爸爸的同意。每逢7月4日（美国独立日），十字杆被装扮成山姆大叔，在退伍军人节装扮成军人，在万圣节装扮成幽灵。这个十字杆是父亲对欢愉唯一的妥协。他只准我们每次从盒子里拿出一支蜡笔。有一个平安夜，基米因为浪费了一片苹果，挨了他一顿大骂。每次我们倒番茄酱，他会徘徊不去，频频说着：够多了够多了。我们的生日派对上只吃得到杯子蛋糕，从来没有冰激凌。我第一次带女友回家，她问：你爸和那支杆子是什么情况？坐着的我只有干瞪眼的份儿。

我们长大离家后，结了婚，生养自己的孩子，发现苛刻的种子也在我们心中滋生。爸爸开始以更复杂的花样装扮十字杆,旁人愈来愈难看出他的逻辑。在土拨鼠日,他给十字杆挂上一张不知名的毛皮,还搬来一盏泛光灯打出投影。强震侵袭智利后,他把十字杆平放,拿着喷漆罐,在地上画出一道裂缝。妈妈死了,他将十字杆装扮成死神,在横杆下面挂上几张妈妈的婴儿照。有时候,我们过来探望他,会发现千奇百怪的纪念品摆在十字杆底部的周围:陆军勋章、戏院门票、旧运动衫、一些妈妈用过的化妆品。有一年秋天,十字杆被他涂成亮黄色。同年冬天,他把棉签粘在十字杆上,为它保暖。另外,他还用棍子制作了六个小十字杆,捶进院子四周的土里,充当它的子嗣。他又在大小十字杆之间绑上绳子,在绳子上贴满道歉函、认错信、恳求谅解的语句,全以狂乱的笔迹写在索引卡上。他画了一个标语,上面写着"爱",挂在大十字杆上,另外还画了一个写着"原谅?"的标语。不久,他死在收音机大开的玄关里。之后,我们把房子卖给一对小夫妻,十字杆被他们拔掉,放在路边等垃圾车来收走。

幼犬

秋日暖阳照耀着完美的玉米田,这画面美不胜收,玛丽已经对孩子们感叹两次了。因为秋日暖阳普照完美的玉米田的画面令她联想起鬼屋,并非她亲眼见过的某一幢,而是偶尔浮现在脑海中的假想鬼屋(紧邻墓园,围墙上有一只猫)。每当她见到美不胜收的、秋日暖阳普照的、完美的、什么的、什么的……而且她想确定,孩子们心中是不是也有一栋类似的假想鬼屋,每当看见美不胜收的秋日暖阳普照在什么、什么上就会浮现。那么,此时他们脑海中也会浮现出假想鬼屋,他们就能一同体验这份感受,像朋友一样,像和大学好友一起开车去旅行,独缺大麻,哈哈哈!

可惜,事与愿违。当她第三次说:"哇,孩子们,快看看那边。"阿比说:"知道了啦,妈妈,我们知道是玉米啦。"乔希说:"现在没空,妈妈,我正在发酵面团。"她心平气和。她对儿子玩《贵族面包师》游戏完全没有意见,毕竟儿子原本吵着要的是《罩杯填填看》。

唉,谁知道呢?也许孩子们的脑海里,连一个假想画面也没有;也许他们脑海里的假想画面和她脑海里的完全不一样。妙就妙在这一点,毕竟孩子是独立的个体!妈妈只是照顾他们的人。孩子不必照着妈妈的心意去感受,大人只需从旁支持他们的感受。

话虽这么说,哇哦,那片玉米田美得好经典哦。

"每次我看见那样的玉米田,小朋友,"她说,"不知道为什么,我就会想到鬼屋哦!"

"面包刀!面包刀!"乔希叫着,"白痴机器!我选的是面包刀!"

说到万圣节,她想起去年,当时她推着购物车,车上的一束玉米梗太重,压得购物车倒向一边。哇,大家笑得多开心!全家齐声欢笑是千金难买的回忆,她在童年时就从未体验过,因为爸爸生性阴郁,妈妈很害羞。假使爸妈的购物车倒了,爸爸会气得踹购物车,妈妈会刻意大步走开,去补一补唇膏,保持她和爸爸的距离。而她,玛丽则绷紧神经,把她取名为布雷迪的破塑料兵玩具含进嘴里。

不过,在现在这个家里,主张欢笑多多益善!昨晚乔希拿着任天堂戳她屁股,害她将一大截牙膏猛地挤到了镜子上。大家笑成一团,在地上跟咕奇一起滚来滚去。乔希以充满怀念的语气说:"妈妈,记得咕奇还是幼犬的时候吗?"阿比听了哇哇哭起来,因为她才五岁,没有见过还是幼犬模样的咕奇。

所以,这才有了此趟家庭任务。罗伯特会怎么说呢?罗伯特呀,愿上帝保佑他!真是一个好男人。他绝不会对家庭任务有任何意见。每次玛丽出其不意地带新奇的东西回家,他见了只会喊一声:"哈哈!"那口气令玛丽甜在心底。

有天,罗伯特回家,看见鬣蜥,他说:"哈哈!"有天他回家,看见雪貂正想钻进鬣蜥的笼子,他也说:"哈哈!""我们一家子真是这个小动物园快乐的园主!"

她爱罗伯特这调皮的心——即使你刷卡买一只河马回家(雪貂和鬣蜥都是刷卡买的),他也只会说:"哈哈!"然后问问河马吃什么、几点睡觉,以及替这头小混蛋起个什么名字。

后座的乔希发出"唧唧唧"的声音。这是面包师进入"烘焙状态"的音效。他一边把面团放进烤箱,一边忙着击退"饥民"。其中一只是大胃狐狸,另一只是神经兮兮的知更鸟。知更鸟叼着"砸头石",如果石头命中面包师,它就会用鸟喙戳起面包,夸张地带走战利品。今年夏天,玛丽趁乔希睡觉,熟读"贵族面包师"的游戏说明,才搞懂这些规则。

这种游戏有作用,真的有效。最近乔希比较不自闭了。现在,乔希在玩游戏时,她会偷偷走到他背后,说着:"哇,亲爱的,你居然会做裸麦酸面包呀。"或是:"甜心,试试看锯齿刀,切起来比较快。在锁上窗户的时候试试看。"这时,他会伸出不忙的那只手,轻轻地向后挥舞。昨天,他不慎打掉了妈妈的眼镜,两个人都笑得前仰后合。

她的母亲如果要来指责她溺爱小孩,尽管来吧。他们哪像被宠坏的孩子?他们是备受关爱的儿童。至少她从来没有让他们在初中校园舞会结束后,在暴风雪里傻站两个小时;至少她从来没醉醺醺地大骂:"你根本不是上大学的料。";至少她从来没有把孩子锁进衣柜(衣柜!),自己在起居室和"掘沟工人"鬼混。

天啊,这世界多么美好!那斑斓的秋叶,那闪亮的河面,那铅色云朵像是浑圆的箭头,向下指着那间正在重新整修、矗立于90号州际公路旁、宛如城堡的麦当劳。

这一次肯定会不一样的,她深信。这次,孩子们会好好亲手照顾这只宠物,因为幼犬没有浑身的鳞片,也不会乱咬人。("哈哈!"罗伯特第一次被鬣蜥咬了之后说,"看来,你对此事自有主见!")

主啊,感谢你。她默默想着,驾驶着雷克萨斯汽车飞越玉米田。你给我许多恩赐:你给我难关,也给我攻克难关的力量;你给我恩典,也让我天天有机会传播恩典。她忍不住在心中引吭高歌,当她感叹世间美好,终于找到容身之所时,她会高歌着:"哈哈,哈哈!"

考利拉起窗帘。

很好。太棒了。情况依然很好,处理得妥妥当当。

他可以在后院做许多事。孩子在院子里自有一片天地。以她的童年来说,她家的院子就是她的一片天地。通过老家木板围墙上的三个小洞,她看得见艾克森加油站(一号洞),看得见常出车祸的路口(二号洞),至于三号洞,得要你眯着眼把前两个洞排得恰恰好去看,才能看过去,而你的眼睛会莫名其妙变成斗鸡眼,你可以一边说"我的天啊,我飘飘欲仙了",一边保持着斗鸡眼的状态蹒跚走开。

等小波再大几岁,情况会不一样的。大几岁后,他会追求自由。不过,现在只要保住他的命就足够了。有一次,他溜得好远,跑到了圣约街。这里和圣约街是隔着90号州际公路的。他是怎么横跨洲际公路的?考利知道:冲过去。他过街的方式就是冲锋。有一次,一个陌生人从上城区购物广场给他们打来过电话。甚至连布莱尔医生也说过:"考利,你再不好好管这男孩,他迟早会送命啊。他有没有定时服药?"

唉,有,也没有。吃药会让他猛磨牙,冷不丁地握拳猛砸东西。他这样砸碎过几个盘子,有一次甚至敲破了玻璃桌面,手腕缝了四针。

今天,他不必吃药,因为他在院子里很安全,因为她把事情解决得妥妥当当。

他在院子里,拿着他那顶洋基队的头盔,装满小石头,对着树干练投球。

他抬头看见她,做出献飞吻的手势。

好贴心的孩子。

现在,她只需担心这只幼犬。有位女士打电话来问过,考利希望她真的会来。这只幼犬很不错。白毛,一只眼有褐色的眼圈。可爱。来电的女士肯定一见就要。如果她肯买,吉米就解脱了。上次处理那窝小猫,他事后就非常痛苦。如果没人肯买这只小狗,他不动手不行。因为他认为,如果大人讲话不算话,孩子长大以后会嗑药。何况,他生长在农场上,或者说是住在农场附近,而任何在农场长大的人都知道,牲口病重了,或者占地方,该动手的时候就该动手。这只小狗虽然没病,但是占地方。

那次处理那窝小猫,布里安娜和杰西骂他是凶手,小波情绪很激动。吉米对他们吼叫:"听着,孩子们,我是在农场长大的,该动手的时候非动手不可!"后来,他在床上哭着说,他提着袋子走向池塘,袋子里的小猫一路"喵喵"叫个不停。他说,他真希望自己不是在农场长大的。考利差点反驳:"是农场附近才对吧。"(吉米的爸爸在科特兰附近经营洗车店)但有时她太爱挑刺,吉米会狠狠掐她的手臂,像跳华尔兹一样把她拽着满屋子转,掐着她的手臂似乎是拽着一个把手,还对她说:"你刚才说的话,我好像没有完全听清。"

因此,小猫事件之后,她只说了句:"唉,亲爱的,你只是做了非做不可的事。"

他听了以后说:"我也觉得,不过,想正确培养孩子长大,可不简单啊。"

后来,由于她没有耍嘴皮子消遣他,两人便躺着规划将来:干脆卖掉这里,搬去亚利桑纳州,买下一间洗车店;干脆买《狂爱音标》给孩子;干脆种种西红柿。然后,两人开始抱着滚来滚去,(她不明白为何记得这件事)吉米抱紧她,对着她的头发爆笑/苦哼,像打喷嚏,又像差点哭出来。

他以那种行为表示信赖她,令她觉得自己很特别。

今晚呢,她的心愿是什么?她想把小狗卖掉,提早哄孩子上床。吉米知道她把小狗的事情处理妥当,两人就可以亲热一下,事后躺着规划将来,他可以再对着她的头发爆笑/苦哼。

为何爆笑/苦哼对她这么重要?她一丁点儿概念也没有。这只是被称为"奇人奇事代表"的她的怪癖中的一个,哈哈哈。

院子里的小波跳了一下,站起来,忽然充满好奇。因为(我看看)来电的那位女士正在停车?

对,而且开的是辆高级车。考利在广告词上用了"便宜"这个词,现在后悔莫及。

阿比尖叫着说:"我好爱它,妈咪,我要!"幼犬茫然地从鞋盒里抬头望,女主人拖着沉重的步伐走开,从地毯上拾起一、二、三、四,四颗狗屎。

不得了,这一趟户外教学太刺激了,玛丽心想。哈哈。(脏乱的环境,霉味扑鼻,没水的水族箱里有一大本百科全书,意大利面锅摆在书架上,一只充气式拐杖糖果不知为何从里面探出头。)虽然有些人见了,也许会感到恶心。(因为厨房餐桌上有个备胎。因为之前在屋内拉屎的那条阴郁的狗妈妈正岔开后腿,坐在角落地上的一叠衣物上,用前腿拖着身体向前爬,屁股猛擦衣服,一副乐乎乎的傻样。)玛丽意识到(忍住一股冲向洗手池洗手的冲动,部分原因是洗手池里有一个篮球),她对这种环境的感想只有一个,就是深切的悲哀。

拜托不要乱摸任何东西,什么也不许碰。她对乔希和阿比说。但只在心里说,因为她想让孩子们观察到她民主、包容的胸襟。事后,她可以带孩子们去整修中的麦当劳洗手,只求他们现在不要把手放进嘴里,揉眼睛更是万万不可以。

电话铃响,女主人的大脚啪啪作响地走进厨房,把用纸巾裹得整整齐齐的狗屎摆在厨房柜台上。

"妈咪,我要它。"阿比说。

"我绝对会每天牵他去散步,也许,一天两次。"乔希说。

"不要说'也许'。"玛丽说。

"我绝对会每天牵他去散步两次。"乔希说。

好吧,没关系,他们会收养这只白人贫民家的小狗。哈哈。可以叫它"齐克",给它买一顶草帽,还有一个玩具玉米给它咬。她想象这条小狗在地毯上拉了屎,抬头望着她,像是在说:这不能怪我。不,不对。她自己的出身也并不完美。万物无一不能改变。她想象这条小狗长大后,招待友人,以英国腔说:敝人的家世,呃,并非相当……怎讲呢,极受尊重……

哈哈,哇,人脑真奇妙,总能编造出这些……

玛丽走向窗口——人性使然——拉开窗帘。她被窗外的景象震惊了,震惊到不由得又放下了窗帘,猛摇头,仿佛想摇醒自己。令她震惊的是,院子里有个小男孩,只比乔希小几岁,被链条束缚在树下,连接着某种小玩意——她再次拉开窗帘,以确定自己刚才是看了走眼……

小男孩跑动时,链条被拉长。他一边跑一边回头看她,似乎是表演给她看。链条拉到尽头时,他一下被扯住,像中弹一般倒地。

他爬起来,坐着,猛扯链条,左右甩着链条,然后爬向一碗水,举至嘴边喝了一口——从狗碗里喝了一口水。

乔希也走来窗前。

她让儿子看向窗外。

儿子应该知道,这世界上并非只有功课、鬣蜥、任天堂,还有这种浑身泥泞、头脑简单、像牲畜一样被拴住的男孩。

她记得那年,她从柜子里走出来,看见母亲的内衣乱扔在地上,掘沟工人的挂满小橙旗的金属隔离绳散落在地上;她记得,初中的舞会散场后,她站在酷寒的雪地里,看着雪越下越大,自己不断地从一数到两百,数次承诺自己,数到两百时,一定不顾路途遥远,也要开始冒雪走回家……

天啊,童年的她多希望碰到一个正气凛然的成年人,跟母亲理论,抓住她的肩膀前后摇几下,对她说:"你这个白痴,这是你的孩子啊,你的孩子你……"

"怎么样,你们想给他取什么名字?"女主人说着从厨房走了出来。

那张肥脸上满是残忍和无知,嘴唇胡乱涂了一点口红。

"恐怕我们不能收养他了。"玛丽冷冷地说。

阿比的抗议声多么惊人!但乔希——待会儿再赞美他,

也许买个"意式面团补充包"给他吧——咬牙对阿比说了什么,然后他们就一起从脏乱的厨房走了出去。(经过某个摆在烤板上的曲轴;经过漂浮在一桶绿色油漆里的红辣椒碎片)女主人匆匆追上来,说:等一等,等一等,免费送你们,拜托,带它走吧——女主人是真心希望他们收养它。

玛丽说,不行,暂时不能收养它。因为她认为,如果无法好好养育,就不应该拥有。

"哦。"女主人走到门口,变得垂头丧气,肩膀上的幼犬正在乱动。

坐进雷克萨斯汽车之后,阿比开始轻轻哭泣,说着:"真的,对我来说,那就是最棒的小狗。"

的确是一条不错的幼犬,但玛丽不肯在这件事上妥协分毫。

丝毫不肯。

被拴住的小男孩来到围墙边。但愿她能以眼神向他传达:日子未必会永远这样。你的人生有可能突然绽放花朵。这种事是有可能发生的。我就碰到过。

但是这种暗示的眼神,仿佛想通过那些细碎的话语表达的隐藏信息——全是废话。真要做点什么,她应该一通电话打进儿童福利机构,找她认识的琳达·波尔凌——一个一板一眼的女人。获报之后,她肯定会火速赶来,在胖妈的肥脑来不及反应之际,救走这可怜的孩子。

考利一边喊着"小波,我出门一下就回来!",一边钻进玉米田。她一手抱小狗,另一手拨开茎叶,一直走到只见玉米田和天空的深处。

这条狗好幼小,被她放在地上时,走也走不动,只用小鼻子嗅呀嗅,站不住,翻倒了。

装进袋子里再淹死?丢进玉米田任它饿死?哎,有什么区别?这样的话,至少就不必麻烦吉米了。他烦恼的事情够多了。她当年初认识的那个长发及腰的男孩,如今已被烦恼折腾成干瘪老头。至于钱,她藏了六十美元私房钱。她会塞二十美元给他,说:"买走小狗的那家人特别好心。"

不要回头看,不要回头看。她默默自我叮咛,奔离玉米田。

走上蒂尔巴克路,她的步伐快如竞走健将,就像那些为瘦身而每晚快走的女士,只不过她一点也不瘦,她自己很清楚。她也自知,快走的人不会穿牛仔裤,也不会穿没绑鞋带的登山靴。哈哈,她不笨,她只是常做出错误的选择。她记得勒奈特修女曾对她说:"考利,你很聪明。可惜,你总偏向对你没益处的选择。"对啊,修女,被你说中了。她在心中回答修女。管它的。去它的。以后,如果手头不是这么紧,她会买一双好球鞋,开始快走、瘦身。去读夜校,再变瘦一点,也许可以去学医疗技术。她再锻炼也不会变得很苗条。幸好吉米喜欢她的本色,而她也喜欢吉米的本色。搞不好,这就是爱的真谛:喜欢对方的本色,并且帮助他变得更好。

像现在,她就在帮助吉米,好让吉米的日子好过一些,替吉米痛下杀手,这样他就——不,她现在只是在快走,快步离开……

刚刚她说了什么?说得很有道理。爱的真谛是喜欢对方的本色,并且帮助他变得更好。

同样的道理,小波并不完美,但她照样爱他,尽量帮助他改进。如果能好好保护他,也许他再大几岁,情绪就会软化。如果他情绪软化了,也许将来可以结婚生子。看看现在的他,坐在院子里,默默赏花,拿着球棒轻轻敲打着节奏,还算快乐。他远远望过来,对着她挥棒,对她展露那份笑颜。昨天,他被关在房子里,苦闷到不行,晚上在床上尖叫,那么沮丧;今天,他在院子里赏花。是谁想出这个办法,让今天比昨天更好?是谁如此深爱他,才能想出这种办法?比全世界任何人更爱他的人,是谁?

她。

是她。

逃离蜘蛛头

一

"注入?"厄涅斯底在广播里说。

"里面是什么药?"我说。

"你真幽默。"他说。

"同意。"我说。

厄涅斯底使用了遥控器。我的**行动包**™呼呼响起来。不久,室内庭园变得很好看,所有东西都显得特别清晰。

我依规定,大声说出内心的感受。

"庭园很好看,"我说,"特别清晰。"

厄涅斯底说:"杰夫,我们来加强一下你的语言区,好不好?"

"好。"我说。

"注入?"他说。

"同意。"我说。

厄涅斯底在点滴里加入了一些**语汇丰**™。不久后，我的感受没变，但表述改善了。庭园依然很好看。是否因为树丛种得很紧凑，而阳光把大小物体全凸显了出来？好像随时可能冒出几个维多利亚时代的人，边品茗边散步。仿佛整座庭园变成了某种象征，代表人类意识里固有的居家梦想。仿佛我一见这幅现代风景画，就能顿悟柏拉图以及与他同时代的人们常常玩味的哲思。换言之，我能见短暂而知永恒。

我坐着，欣然沉溺于这些思想，直到**语汇丰**™的药效逐渐减弱。这时，庭园又变回"很好看"了。哪里好看？是树丛的位置，还是什么？看了让人想躺进庭园里，吸收阳光，想一想开心的事。我讲的这些东西，你应该懂吧？

接着，点滴里仅存的药物用尽了，我对庭园没什么特别的感受了。不同的是，我的嘴巴好干，肚子里有那种用过**语汇丰**™之后的余味。

"这种药有什么好处呢？"厄涅斯底说，"对以下这些人有好处，比如值大夜班的警卫，或是去学校接小孩、等得发慌的家长。这时，如果附近来些自然景观怎么样？又比如说，一天要值两班的公园管理员。"

"好处的确不少。"我说。

"这种药叫作 ED763。"他说。"我们考虑命名为**自然萌**。或者,叫作**地球漾**也好。"

"这两个名字都不错。"我说。

"谢谢你的帮助,杰夫。"他说。

他总是这么说。

"只要再帮一百万年。"我说。

我总是这么说。

接着,他说:"现在,从室内庭园离开,杰夫,前往 2 号小工作室。"

二

一个苍白高挑的女孩被叫进 2 号小工作室。

"你觉得怎么样?"厄涅斯底通过广播说。

"问我,"我说,"还是问她?"

"问你们两个。"厄涅斯底说。

"挺不错的。"我说。

"还好吧,"她说,"正常。"

厄涅斯底要求我们说得更具体一点,替对方的外貌、性感度打分。

看样子,我们对彼此的观感很普通,既不特别受吸引,也不特别排斥。

厄涅斯底说:"杰夫,注入?"

"同意。"我说。

"希瑟,注入?"他说。

"同意。"希瑟说。

说完,我们看向对方,似乎在说:接下来呢?

接下来,希瑟迅速变成大美女。而我看得出来,她也认为我是大帅哥。情况转变得很突然,我俩忍不住笑了。刚才我们是没长眼睛吗,怎么看不出对方多诱人?幸好,工作室里有一张沙发。他们正在试验什么药,我不清楚,只知道点滴里面另加了一点 ED556,能把羞耻心降低到接近零。因为不久后,我们两个躺进沙发,亲热起来。我们两人的互动特别火辣,而且不只是欲火焚身的层次。热度是够,没错,激情也恰到好处。好像梦寐以求的女孩突然现身,就和我在同一间工作室里。

"杰夫,"厄涅斯底说,"我想征求你的同意,强化你的语言区。"

"同意。"我说。这时,我正被她压在身下。

"注入?"他说。

"同意。"我说。

"也替我注入吧。"希瑟说。

"没问题。"厄涅斯底笑着说,"注入?"

"同意。"她上气不接下气地说。

不久,在**语汇丰**™的造福之下,我们不仅做得很热烈,对话也挺不错的。比方说,本来我们的性爱用语很普通,不外乎是"哇""天啊""爽死了"之类的话,现在却能更奔放地表达个人的感受和想法,用语的水平提升了,词汇量增加了百分之八十。我们充分表述的想法全被录了下来,供事后分析研究。

以我而言,我的感受约莫是:惊喜。我逐渐明了,这个女人是直接根据我的脑海中的形象创造出来的,符合我最殷切的渴望。寻寻觅觅几多年(我的想法),总算找到身材/长相/心智的完美组合、满足我个人追求的所有条件的对象。那芳唇的滋味,以及偏金色秀发像光环一般围绕着的、略带调皮的、大使般纯真的脸庞(现在她被我压着,两腿朝天举起),甚至我进进出出的阴茎在阴道中产生的感觉(恕我鲁直,我其实不愿玷污这份高尚的感受),也完全合乎我向来的渴望。只不过,在此刻之前,我未曾意识到内心深处藏有这份炽热的渴望。

换句话说:我的欲望一产生,那股欲望被满足的感受也会随之升起。仿佛,(a)我渴望某种(从未尝过的)滋味,直到(b)这份渴望强烈到几乎无法忍受,同时(c)我发现一块食物已经含在嘴里,正好是我渴望的那种滋味,能彻底满足我的渴望。

一言一语,每一种体位,都一再阐明同一件事:我们很早就相识,是心灵伴侣,前世已邂逅、相爱无数次,来生也将邂逅、相爱无数次,每次皆有同样的心灵升华、天旋地转的结果。

后来,我又有了一种难以言喻却又十分真实的感觉,整个人飘浮在几种连续的幻境里。最生动的描述或许是:进入了一种非叙事性的心灵景观。换言之,进入了一连串我从未去过的地方的朦胧幻象(一个长满松树的山谷,四周是白皑皑的高山;死巷里的一栋瑞士牧人小屋,院子种着太久没修剪的小树,类似苏斯博士画笔下那种长不高的蓬蓬树)。每一幅景观触发一股股切企盼,未久,种种憧憬糅合、简化为一股主要的企盼,即一份强烈的渴望,对希瑟的渴望,仅此一人。

这种心灵景观的现象感受最强烈的一次,出现在我们第三次做爱(!)①的过程中。(不消说,厄涅斯底在我的点滴中掺入了一些**活虎坚**™。)

事后,一句句爱的宣言脱口而出,构词复杂、寓意丰富。若说我俩已成诗人,也不算言过其实。我们获准躺在沙发上,

---

① (!)是英文文本中对前文提及的内容、行为表示讽刺或自嘲的符号。

肢体交缠着,为时将近一个小时。幸福美满。十全十美。达到可盼而不可求的境界:幸福不凋零,同时新的欲望不断从中萌芽。

我们相拥而卧,态度热切/专注,而这种热切/专注可与做爱时的那份热切/专注相抗衡。我想说的是,与做爱比较起来,相拥而卧的滋味丝毫不逊色。我们呵护着对方的每一寸肌肤,亲昵至极,就像一对蜷缩在一起的幼犬;好比某一方死里逃生后,首度重逢的夫妻。每一种事物都显得湿润、沁心,而且能尽情说出心中所想。

接着,点滴里的某种药效果开始减弱。我猜是厄涅斯底关掉**语汇丰**™了吧,抗羞耻心的药也停了吧。基本上,所有感受都开始缩水。忽然间,我们觉得害臊起来,但彼此仍有爱意。我们开始体验**语汇丰**™的药效消失后的对话感受——总是很尴尬。

然而,我从她眼里看得出,她对我的爱意仍在。

对她,我也绝对依然存有一分爱意。

不爱才怪吧?我们刚大战三个回合!不然,大家怎么会把那叫作"做爱"?我们刚做了三次的正是:爱。

这时,厄涅斯底说:"注入?"

我们差点忘记,他就在单向镜的另一边。

我说:"非注入不可吗?我们真的很喜欢现在这种感觉。"

"只是想让你们回归基线而已,"他说,"今天还有其他事情要做。"

"可恶。"我说。

"该死。"她说。

"注入?"他说。

"同意。"我们说。

不久,状况开始改变。她呢,外表还可以,是个五官端正、肤色苍白的女孩,但没什么特别的。而我看得出,她对我也有同感,心里想的是:刚才怎会惊为天人,没道理嘛。

我们怎么没穿衣服?我们赶紧穿上了衣服。

有点尴尬。

我爱她吗?她爱我吗?

哈。

不爱。

她该离开了。我们握了握手。

她离开了。

午餐送进来了,放在托盘上。鸡肉意大利面。

天啊,我真的好饿。

午餐期间,我一直在思考。奇怪。我记得和希瑟性交,记得刚才对她的心意,记得我对她说过的话。刚才我说了那么多话,而且是难以控制的倾诉,以至于现在喉咙还有点哑。至于现在还有什么感受呢,基本上是零。

我只觉得脸发烫,有些羞愧,因为刚刚在厄涅斯底面前干了三回。

三

午餐后,又有一个女孩进来了。

她姿色平平,黑头发,中等身材。没特色,就像希瑟刚进来时一样,看起来没什么特别之处。

"这位是瑞秋。"广播里的厄涅斯底说,"这位是杰夫。"

"嘿,瑞秋。"我说。

"嘿,杰夫。"她说。

"注入?"厄涅斯底说。

我们说,同意。

现在渐渐产生的一种感受,我非常熟悉。忽然间,瑞秋变成了大美女。厄涅斯底征求使用**语汇丰**™,以强化我们的语言区。我们说,同意。不久,我们也开始干得火热。不久,我们也变得滔滔不绝,互诉爱的衷曲。与先前相同,迫切渴望着某种滋味的同时,有一些情愫就会升起,投合那份渴望。不久,我印象里希瑟芳唇那种完美的滋味,全被现在的瑞秋取代了,当前的我倍加渴望瑞秋的滋味。我感受到前所未有的情绪,只不过,这些前所未有的情绪(我在意识中的某处察觉到)和我先前的感受一模一样。而先前使我陶醉的希瑟,如今只是一具不值一提的躯壳。我想说的是,瑞秋就是它。她轻盈的水蛇腰、她的嗓音、她饥渴的嘴/手/下体——全都是**它**。

我爱透了瑞秋。

随后,地理景观的幻影接连出现(详见前段):同样一个松林密布的山谷、同样一栋瑞士牧人小屋,随之而来的是,对美景的憧憬转化为(这次)对瑞秋的憧憬。持续沉浸在过载的性刺激中,引起我某种胸口逐渐绷紧的感受,仿佛被甜蜜的橡皮筋束缚的同时也加剧了我俩的灵肉交流、驱策我俩继续,我们激情地呢喃(遣词精练、诗意盎然)着,倾诉着仿佛我们已经相识了,比方说,一生的感受。

同样的,我们做爱的次数也是三次。

之后,和上次一样,衰退的感觉又来了。言辞的精彩度下降。话变少,句子缩短。尽管如此,我依旧爱她,爱着瑞秋。她的上下里外全显得无懈可击:她脸颊上的痣、她的黑发、不时微微扭动的臀部,仿佛都在说:嗯嗯嗯,好舒服。

"注入?"厄涅斯底说,"该让你们回归基线了。"

"同意。"她说。

"呃,先不要。"我说。

"杰夫。"厄涅斯底的语气中带着烦躁,仿佛想提醒我,我并非自愿前来接受试验,而是因为我犯罪在先,现在正在服刑。

"同意。"我说。我最后一次以表情向瑞秋示爱,心知(她还不知道)我再也不会对她表达爱意。

不久后,我眼中的她变得外表尚可,她眼中的我也变得外表尚可。她的神态和希瑟同样尴尬,好像在说:刚刚是哪条神经断了,我怎么会被这个"普通先生"迷倒?

我爱她吗?她爱我吗?

不爱。

告别的时刻到了,我俩握了握手。

我们先前动过手术,**行动包**™被植入后腰,由于刚才不停变换姿势的缘故,我觉得后腰酸疼。我累过头了,而且我觉得好悲哀。为什么悲哀?我难道不是男人吗?我不是连续和两个女孩总共做了六次,而且是在一天之内?

尽管如此,老实说,我感到比悲哀还悲哀。

也许,我是因为那爱不是真的而感到悲哀?还是说,因为真实度并不那么高?也许,我是因为那么真切的爱竟可顷刻化为云烟而感到悲哀,而且一切都是厄涅斯底在操控。

四

点心时间过后,厄涅斯底把我唤进控制室。控制室就像是蜘蛛的头。我们去的那些工作室则像是蜘蛛的腿。有时候,厄涅斯底会把我们叫进大蜘蛛的头里面,和他一起合作。我们把这地方称为"蜘蛛头"。

"坐。"他说,"看看1号大工作室里面。"

希瑟和瑞秋并肩坐在1号大工作室里。

"认得她们吗?"他说。

"哈。"我说。

"好。"厄涅斯底说,"杰夫,我想让你做一个选择。这是我们想研究的重点。这个遥控器,看见没有?假如你按这个按钮,**酿郁**™就会注入瑞秋体内。假如你按的是这个按钮,被注入**酿郁**™的人就是希瑟。懂了吗?你选一个。"

"她们的**行动包**™里面有**酿郁**™吗?"我说。

"说什么傻话,你们的**行动包**™里都有**酿郁**™。"厄涅斯底的语气亲切,"是韦莱纳在星期三放进去的,为今天这个研究做准备。"

呃,这让我有些紧张。

想象你一生中经历过的最痛苦的感觉,然后放大十倍,都还远远比不上**酿郁**™给你带来的痛苦感受。培训期间,作为效果展示,我们全尝过它的威力。当时的剂量貌似只有厄涅斯底即将通过遥控器释放的三分之一?但那也令我的情绪跌进前所未有的深谷。当时,所有人都垂着头,呻吟不止,像在哀叹这辈子不值得走一遭。

那次的经验,我连回想一下也受不了。

"你决定按哪个,杰夫?"厄涅斯底说,"给瑞秋注入**酿郁**™,还是希瑟?"

"我说不出来。"我说。

"非说不可。"他说。

"我不能。"我说,"我不能就这样随便挑一个。"

"你认为,你这是随机做决定。"他说。

"对。"我说。

这是真话。我真的不在乎。感觉就像我把你叫进蜘蛛头,叫你抉择:房间里有两个陌生人,你决定把哪一个推进死亡谷?

"倒数十秒。"厄涅斯底说,"我们这次是想检查爱意的残余量。"

我不是说,我对她俩都有意思。说实话,我现在对她们完全没有想法。简直像我从来没见过她们,更不要提和她们分别有过肉体关系。(我猜我想说的是,厄涅斯底做得很成功,完全把我的感情拉回了基线。)

但是,由于我亲身体验过**酿郁**™,我实在不想拿它害人。哪怕是我不太喜欢对方,哪怕是我痛恨对方,我照样不愿意下手。

"五秒。"厄涅斯底说。

"我做不出决定。"我说,"没特定对象。"

"没特定对象?真的吗?"他说,"好吧。我打算对希瑟注入。"

我呆呆坐着。

"不,其实,"他说,"我决定给瑞秋。"

我还是呆坐着。

"杰夫,"他说,"你说服了我。对你来说,这决定确实无关特定对象。你是真的不偏心,我看得出来。因此,我也不必动手了。在你的协助之下,我们得出了一个结论,你明白吗?破天荒头一遭,验证了ED289/290复方药的作用。这就是我们今天试验的药物。你自己不得不承认:你今天陷入了爱河,两次,对不对?"

"对。"我说。

"爱得那么深,"他说,"两次。"

"对,我说过了。"我说。

"不过,你刚才却表明没有任何偏袒。"他说,"也就是说,今天那两份深情都一丝也不存在了。你的爱被彻底清零了。我们让你爱到升天,又让你回归地面,现在你坐在这里,情绪水平和试验之前相同。这药的威力强大,是神药啊。亘古的密码被我们破解了。这种重写游戏规则的发明太神奇了。有人有心病,谈不成恋爱?现在,他或者她都有救了,我们可以让他谈成;有人爱得太深?或是爱上的对象被监护人认为不是适合的人选?我们可以让那态度直接消失;有人为真情所苦?我们会介入,或者,他或她的监护人会介入:忧愁一扫而空。在控制感情的能力上,可以说,所有人都再也不会随波逐流了。我们一见哪艘船航无定向,立刻登船,安装一组舵,把他/她引向爱,或带离爱情旋涡。大家不是常说'只要爱就足够'吗?看,现在有了ED289/290。这东西能终结战争吗?让战况缓和下来,不成问题!药效一发作,双方的士兵会马上停手开始做爱。剂量低一点的话,也会让他们对彼此产生深深的爱意。假设有两个独裁者早有宿怨,是死对头,如果我们顺利开发出ED289/290的片剂的话,我可以偷偷对两个独裁者下药。不一会儿,两人就会吻得不可开交,恨不得把舌头伸进对方的喉咙里,和平鸽从两人的肩章飞出来;或者,视剂量高低,两人也有可能只是抱一抱而已。功臣是谁呢?是你。"

在这期间,瑞秋和希瑟一直枯坐在 1 号大工作室里。

"两位小姐,好了,谢谢。"厄涅斯底在广播里说。

她们离开了,浑然不知自己险些挨**酿郁**™打屁股。

韦莱纳带她们从后门走了,也就是说,不穿过蜘蛛头,而是从后巷出去。后巷其实不是巷子,只是一条铺着地毯的走廊,通往我们住的集体居住区。

"想想看,杰夫,"厄涅斯底说,"假设在决定你命运的那个晚上,ED289/290 能帮你一把,你今天会怎样?"

他动不动就提起决定我命运的那个晚上,老实说,我听得有点烦。

出事之后,我当即就后悔了,之后的日子里也愈加悔恨。即使后来他总是把这件事甩到我脸上摩擦,也不能让我的悔恨增加分毫,只让我觉得他是个该死的混蛋。"我可以去睡了吧?"我说。

"还不行,"厄涅斯底说,"你还得忙几个小时。"

接着,他派我进入 3 号小工作室,里面坐着一个我不认识的男人。

五

"罗根。"男人说。

"杰夫。"我说。

"你好吗?"他说。

"还行。"我说。

我们两人坐着不讲话,气氛僵了好久。

我一直以为,我会忽然想把罗根压在身下。

幸好没有。

大概过了十分钟。

这个设施里关着几个剽悍的家伙。我注意到,罗根脖子上有一只大老鼠的刺青。老鼠挨了一刀,正在哭泣,它边哭边拿刀刺向另外一只比较小的老鼠。小老鼠一脸错愕。

厄涅斯底终于开始广播了。

"好了,两位,谢谢。"他说。

"妈的,这是怎么回事?"罗根说。

问得好,罗根,我心想。为什么叫我们进来坐着发呆?和刚才瑞秋、希瑟傻傻坐着的情况一样?这时,我突然有了一种预感。为了证实这份预感,我突然冲进蜘蛛头。厄涅斯底平时刻意不锁门,以显示他多么信任我们、多么不怕我们。

结果你猜,谁坐在里面?

"嘿,杰夫。"希瑟说。

"杰夫,出去。"厄涅斯底说。

"希瑟,厄涅斯底先生是不是叫你选择给我或罗根注入**酿郁**™?"我说。

"对。"希瑟说。她一定是吃了**恳言**™,因为她不顾厄涅斯底拼命使眼色叫她闭嘴,直接吐露实情。

"希瑟,除了和我,最近你是不是也跟罗根做了?"我说,"是不是也爱上了他,像你爱上过我那样?"

"是的。"她说。

"希瑟,求求你,"厄涅斯底说,"拿袜子塞住嘴。"

希瑟东张西望找袜子,因为**恳言**™让她听不懂厄涅斯底的言下之意是要她住口。

我回到自己的隔间,屈指数着:希瑟和我做了三次,希瑟大概也和罗根做了三次。因为从实验设计追求一致性的角度来说,厄涅斯底会给我和罗根相等剂量的**活虎坚**™。

而谈到一致性,根据我对厄涅斯底的认识,他这人死守数据的对称性,实验设计必定不只是这样。厄涅斯底应该也会让瑞秋选择给我或罗根注入**酿郁**™吧。

短暂休息过后,我的疑虑获得证实。果然,我又坐进3号小工作室,另一个人又是罗根!

我们同样枯坐很久,不开口。他顶多抠一抠小老鼠的刺青,我则尽量暗中观察他。

后来，和上次一样，厄涅斯底又广播说："好了，两位，谢谢。"

"让我猜猜看，"我说，"瑞秋就在你旁边。"

"杰夫，你再捣蛋，我发誓……"厄涅斯底说。

"而且，她刚拒绝对我或罗根注入**酿郁**™？"我说。

"嘿，杰夫！"瑞秋说，"嘿，罗根！"

"罗根，"我说，"你今天，该不会刚和瑞秋上过床吧？"

"正是如此。"罗根说。

我的思绪混乱如麻。瑞秋不但睡了我，也睡了罗根？希瑟不但睡了我，也睡了罗根？只要任何人睡了任何人，就会在过程中爱上了对方，事后又不爱了？

这个疯狂的项目组在瞎搞什么？

我呢，不是没碰到过疯狂的项目组。其中一组对我注入过一种药，让我对音乐的领悟异常敏锐，因此每当播放肖斯塔科维奇时，我总觉得**隔间**里真的有蝙蝠在盘旋；还有一组，让我腰部以下完全麻痹，而我却照样站得住，甚至能在一台假收款机旁边连续站十五个小时，还奇迹似的突然能心算高难度的除法了。

然而，在这么多疯狂的项目组里，这次的疯狂程度让其他小组望尘莫及。

我忍不住想知道:明天会发生什么。

六

只可惜,今天根本还没结束。

我又被叫进3号小工作室,坐着等,随后进来一个陌生的男人。

"我叫基思!"他冲过来和我握手。

他是个高帅的南方人,白牙亮晃晃,长发卷卷的。

"杰夫。"我说。

"非常高兴认识你!"他说。

接着,我们沉默地坐着。每次我望过去,他总是对我亮出白牙笑笑,摇头扮鬼脸,仿佛说着:"这工作真奇怪,对吧?"

"基思,"我说,"有两个小妞名叫瑞秋和希瑟,你该不会认识她们吧?"

"当然认识啊。"基思说。他的白牙突然间显得有点色眯眯的。

"你今天,该不会跟瑞秋和希瑟都做过了吧,分别做了三次,对不对?"我说。

"咦,敢情,你懂得读心术?"基思说,"我得说,我对你太佩服了!"

"杰夫,这实验本来设计得很严谨,现在整个被你搞砸了。"厄涅斯底说。

"所以瑞秋或希瑟其中的一个,正坐在蜘蛛头里,"我说,"正在抉择。"

"抉择什么?"基思说。

"对我们其中一人注入**酿郁**™。"我说。

"咦?!"基思说。这时,他的白牙又显得害怕起来。

"别担心,"我说,"她不会动手。"

"谁不会?"基思说。

"坐在蜘蛛头里的人。"我说。

"好了,两位,谢谢。"厄涅斯底说。

休息片刻后,基思和我又被叫进3号小工作室,再次等候瑞秋或希瑟拒绝对我们投药。我回到隔间,开始画图表,以显示谁和谁做过:

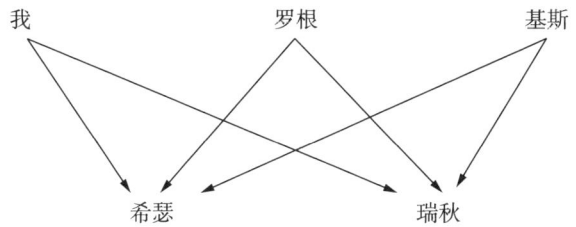

厄涅斯底走了进来。

"尽管你屡次从中作梗,"他说,"但罗根和基思跟你的反应完全一致,瑞秋和希瑟的反应也一样。你们五人在关键时刻,都无法选择对谁注入**酿郁**™。这太了不起了。这意味着什么?为什么了不起?这表示,ED289/290是真正有效的。不但能制造爱,也能把爱夺走。我几乎想马上进入命名的程序。"

"那两个女孩,每天每人都要做九次?"我说。

"**普世**还是……"他说,"**向爱葵**呢?你好像很恼火,你很恼火吗?"

"没错,我觉得被人牵着鼻子走。"我说。

"有这种感觉,是因为你对那两个女孩之一还有情意吗?"他说,"如果这样,有必要记录下来。是愤怒吗?是占有欲在作祟吗?还有残存的性渴望吗?"

"没有。"我说。

"真的没有?让你产生爱意的女孩,后来又和另外两个男人做了,而且她还对这两人产生等质/量的爱意,你难道不恼怒?以瑞秋而言,在她搞上罗根之前,她差点对你有那种意思。是罗根没错吧?咦,她可能是先和基思做了,然后才是你,倒数第二个。我记不太清过程的顺序了,我可以去查查看。不过,你也深思一下这件事。"

我深思着。

"没感想。"我说。

"也对,情况复杂,一下子难理清。"他说,"幸好,天色晚了。今天结束了。你另外还想谈什么事吗?你还有其他的感受吗?"

"我的阴茎有点痛。"我说。

"对,不意外。"他说,"那两个女孩有什么感觉,可想而知。我会叫韦莱纳送软膏给你。"

不久,韦莱纳送软膏来了。

"嘿,韦莱纳。"我说。

"嘿,杰夫。"他说,"你自己抹吗,还是要我帮你抹?"

"我自己来。"我说。

"好。"他说。

我看得出,他是认真的。

"好像很痛。"他说。

"真的很痛。"我说。

"不过,做的时候滋味一定很棒吧?"他说。

他的弦外之音似乎是羡慕我,但从他望着我阴茎的神情看得出,他丝毫不羡慕我。然后我就躺下,睡死了。

就像人们常说的那样。

七

隔天早晨,厄涅斯底的声音在喇叭中响起时,我仍在睡觉。

"你记得昨天吗?"他说。

"记得。"我说。

"昨天我问你,你想对哪一个女孩注入**酿郁**™。"他说,"你回答,都不想。"

"对。"我说。

"我能接受这样的回答。"他说,"可惜,协议委员会不接受,'龟毛三骑士'不接受。进来吧。我们开始忙吧——今天必须进行一项确认试验。唉,肯定不好受。"

我走进蜘蛛头。

坐在2号小工作室里的人是希瑟。

"这一次呢,"厄涅斯底说,"按照协议委员会的指示,我不问你想对哪个女孩注入**酿郁**™,因为协议委员会认为,这样问太主观了。所以,不管你说什么,我们都将对这女孩注入**酿郁**™,然后听听你的感想。像昨天一样,我们会对你注入……韦莱纳?韦莱纳?你在哪里?你在吗?又怎么了?项目指令在你手上吗?"

"**语汇丰**™、**恳言**™、**畅聊**™。"韦莱纳广播说。

"对,"厄涅斯底说,"你有没有补充他的**行动包**™,里面的量够吗?"

"补充过了。"韦莱纳说,"趁他睡觉的时候补充了,而且我已经跟你报告过了。"

"她呢?"厄涅斯底说,"有没有补充她的**行动包**™?她的量够吗?"

"雷,我补充的时候,你就站在旁边看着。"韦莱纳说。

"杰夫,对不起。"厄涅斯底对我说,"今天的气氛有点紧张,不是轻松的一天啊。"

"我不希望你给希瑟注入**酿郁**™。"我说。

"耐人寻味,"他说,"是因为你爱她吗?"

"不是。"我说,"我不希望你给任何人注入**酿郁**™。"

"我懂你的意思,"他说,"你真体贴。重申一次:这项确认试验的重点是研究你的心愿吗?不算是。这次实验的重点是,记录你观察希瑟注入**酿郁**™后的感想。五分钟。试验只有五分钟。好了,注入?"

我不说"同意"。

"你应该觉得受宠若惊才对。"厄涅斯底说,"这次试验的人选是罗根吗？是基思吗？都不是。我们认为,你的语言层次比较符合收集数据的需求。"

我不说"同意"。

"为什么这么保护希瑟？"厄涅斯底说,"几乎让人认为你爱上她了。"

"不是。"我说。

"她的背景,你根本不清楚吧？"他说,"对,从法律上来说,你不能知情。她和威士忌、帮派、杀婴扯得上关系吗？我不能说。我可以暗示一下吗？从旁隐约暗示一下？她的过去既暴力又不堪回首,没有养了一条灵犬莱西的童年,家人不常探讨《圣经》。祖母也不会坐在壁炉的小火前编织绳结工艺品,不时调整坐姿,以免被烤得吱吱响。我这样暗示一下吧,假如你知道我对希瑟过去的所知,那么,让希瑟伤心、反胃,以及/或是恐惧,也许都不算是惨绝人寰的点子了。不行,我不能暗示。"

"好吧,好吧。"我说。

"你了解我。"他说,"我有几个小孩？"

"五个。"我说。

"他们叫什么名字？"他说。

"米克、托德、凯伦、莉萨、菲比。"我说。

"我是个怪物吗?"他说,"我不是记得大家的生日吗?某人的胯下感染了足癣的时候,开车去连锁药房自费买药膏的人难道是别人吗?"

那件事的确是他做的善事,但这时候提起,似乎有点不太专业。

"杰夫,"厄涅斯底说,"你要我说什么?难道你要我说,你的星期五危险了?我本可以轻松地讲出来的。"

贱招。星期五对我意义重大,他知道。每个星期五,我都可以和妈妈用Skype通话。

"我们准许你用Skype通话多久?"厄涅斯底说。

"五分钟。"我说。

"如果延长到十分钟呢?"厄涅斯底说。

每次Skype通话时间结束,妈妈的心痛总是写在脸上。我被收押的时候,她几乎着急得没命。庭审也差点要了她的命。她耗尽积蓄,就为把我弄出一般的监狱,换来这里。在我小时候,她留着过腰的褐色长发。庭审期间,她把头发剪掉了。后来,她的头发变成了灰色,现在全白了,像戴着一顶小帽。

"注入?"厄涅斯底说。

"同意。"我说。

"可以强化你的语言区吗?"他说。

"好。"我说。

"希瑟,听见了吗?"他说。

"早安!"希瑟说。

"注入?"他说。

"同意。"希瑟说。

厄涅斯底按下遥控器。

酿郁™ 开始流动。不久,希瑟轻轻哭了起来。接着,她站起来踱步。然后,她开始断断续续抽泣,甚至有点歇斯底里。

"我不喜欢这样。"她以颤音说。

接着,她对着垃圾桶呕吐起来。

"说话,杰夫。"厄涅斯底对我说,"多说一点,详细说。让我们好好善用这个机会,好吗?"

滴剂里的每种药都给我带来一流的感受。忽然间,诗意蠢动起来。对于希瑟的举动,我诗兴大发。希瑟的举动触发了我的感想,诗情激昂。基本上,我的感受是:世上每一个人都是一男一女的结晶。每一个人诞生时,他/她都是,至少有可能是母亲/父亲的最爱。因此,他/她值得被爱。在我观看希瑟受苦的同时,心软的感受涨满我的全身,而这份心软和另一种庞大的无所适从感令我难以区分;换言之,为何如此可亲的美丽躯体被如此沉重的痛苦奴役?希瑟无异于一组痛苦感受器。希瑟的心智具有流动性,会被痛苦、哀伤摧毁。为什么?上帝造人时,为何将她塑造成这样?为何她如此不堪一击?

可怜的孩子,我心想,可怜的女孩。谁爱过你?有谁正在爱你?

"再坚持一下,杰夫。"厄涅斯底说,"韦莱纳!你觉得呢?杰夫的言语评论里,有没有残存的浪漫情怀?"

"我认为没有。"韦莱纳广播说,"他的评论差不多全是出于基础的人类感情。"

"太棒了。"厄涅斯底说,"还剩多久?"

"两分钟。"韦莱纳说。

接下来的景象令我不忍直视。在**语汇丰**™、**恳言**™、**畅聊**™的药效下,我也难以不继续描述。

每间工作室里都有一张沙发、一张桌子、一把椅子,全设计成无法拆解的家具。希瑟现在开始拆解这把无法拆解的椅子。她的脸像戴着一张愤怒的面具。她对着墙壁猛捶头。被某个人深爱的希瑟,居然在哀伤煽动的盛怒之下,一面继续以头撞墙,一面拆解椅子。

"天啊。"韦莱纳说。

"韦莱纳,忍一忍。"厄涅斯底说,"杰夫,别再哭了。你别以为哭就可以哭出很多有用的数据,其实正好相反。赶快用语言来描述,不要让这个实验白做。"

我以语言来描述。我滔滔不绝,用字精确。我描述再描述。看着希瑟开始一心一意,动作几近凄美地,拿着椅子的一脚,敲打自己的脸和头。

替厄涅斯底讲句公道话,厄涅斯底自己的状况也好不到哪里去:他呼吸急促,脸颊红如糖果,拿着笔,不停猛敲苹果计算机的显示屏。这是他对抗压力的习惯性动作。

"时间到。"他终于用遥控器关掉**酿郁**™说道,"该死。给我进来,韦莱纳,别拖拖拉拉。"

韦莱纳匆匆进入2号小工作室。

"快报告,萨米。"厄涅斯底对韦莱纳说。

韦莱纳试探希瑟的脉搏,然后举起双手,掌心朝上,看起来像耶稣,不同的是,他缺乏神的喜气,一脸震惊。此外,他把眼镜架到了头顶上。

"开什么玩笑?"厄涅斯底说。

"这下怎么办?"韦莱纳说,"我怎么去……"

"去你的,开什么玩笑?"厄涅斯底说。

厄涅斯底气呼呼地站起来,把我推开,冲出门,进入2号小工作室。

八

我回到自己的隔间。

三点,韦莱纳的声音从广播里传来。

"杰夫,"他说,"请回到蜘蛛头。"

我回到蜘蛛头。

"很遗憾让你看见那种场面,杰夫。"厄涅斯底说。

"没料到事情会变成那样。"韦莱纳说。

"出乎意料,也令人惋惜。"厄涅斯底说,"对不起,刚才推了你一把。"

"她死了吗?"我说。

"呃,不太乐观。"韦莱纳说。

"是这样的,杰夫。这种事情难免会发生。"厄涅斯底说,"科学就是这样,科学家专门探索未知的领域。给希瑟五分钟的**酿郁**™会有什么结果,原本是未知数,现在我们知道了。我们得知的另一个结果是,根据韦莱纳对你言语的评估,你已经对希瑟不再残留一丝浪漫情怀,千真万确。这个结论很重要,杰夫。在大家都很伤心的此刻,这个结论带来了希望之光。即使在希瑟的船沉入海底的时候,你依然无动于衷,没有对希瑟展现一丝浪漫情怀。协议委员会看到报告后,我猜他们会说：'哇,在研究 ED289/290 的项目中,尤蒂卡镇提供的新数据令人大呼了不起,领先群雄。'"

蜘蛛头里静悄悄。

"韦莱纳,出去。"厄涅斯底说,"去忙你的正事,去准备东西。"

韦莱纳离开了。

"你以为,我喜欢刚才那种事吗?"厄涅斯底说。

"你好像不喜欢。"我说。

"对,我不喜欢。"厄涅斯底说,"恨死了。我是人,我也有情感。话说回来,排除个人的感伤不谈,刚才进行得很不错。你整体的表现很棒,大家的表现都很棒。希瑟尤其棒,我尊敬她。我们先把这件事做完吧,好不好?把这件事完成。完成下一阶段的确认试验。"

进入 4 号小工作室的是瑞秋。

九

"现在要给瑞秋注入**酿郁**™ 吗?"我说。

"想想看,杰夫。"厄涅斯底说,"假如只采集到你刚才对希瑟举动的感想,我们怎么得知你既不爱瑞秋,也不爱希瑟?动动你的小脑袋瓜呀。你不是科学家,不过老天,你可是成天和科学家周旋的人。注入?"

我不说"同意"。

"怎么了,杰夫?"厄涅斯底说。

"我不想害死瑞秋。"我说。

"没错,谁想呢?"厄涅斯底说,"我想吗?你想吗,韦莱纳?"

"不想。"韦莱纳通过喇叭说。

"杰夫,也许你想太多了。"厄涅斯底说,"**酿郁**™可不可能杀死瑞秋?有可能。因为有希瑟的先例。反过来说,瑞秋也许更加坚强。她的体形好像大一点。"

"她其实小一点。"韦莱纳说。

"嗯,说不定她更坚强。"厄涅斯底说。

"我们会按照体重调整剂量的。"韦莱纳说。

"谢谢,韦莱纳。"厄涅斯底说,"感谢你澄清这一点。"

"或者,把档案给他看看。"韦莱纳说。

厄涅斯底把瑞秋的档案递给我。

韦莱纳插了进来。

"看吧,哭吧。"他说。

根据档案记载,瑞秋的前科包括:偷母亲的首饰、偷父亲的车子、偷姐姐的现金、偷教堂的雕塑。她曾因吸毒而入狱,四度服刑,之后因为吸毒被送进戒毒所,然后因为卖淫被送进康复中心，然后又被送进所谓的"归零戒毒所"——有些人进出戒毒所太多次，已经对戒毒所免疫。她肯定也已经对戒毒所免疫了，因为后来她犯下重案：三重谋杀——死者分别是她的毒贩、毒贩的姐姐、毒贩姐姐的男友。

看着看着，我心里有点毛毛的，因为我跟她上过床，也爱过她。

但我仍然不想杀死她。

"杰夫，"厄涅斯底说，"我知道，在这方面，莱西夫人跟你花了不少工夫，讨论杀人之类的问题。不过，这不仅仅和你有关，也是为了我们。"

"根本不是为了我们，"韦莱纳说，"是为了科学研究。"

"这是科学的使命，"厄涅斯底说，"也是科学的要求。"

"有时候，科学令人讨厌。"韦莱纳说。

"杰夫，你想想看，"厄涅斯底说，"让希瑟难受几分钟……"

"瑞秋。"韦莱纳说。

"让瑞秋难受几分钟，"厄涅斯底改口说，"可以让成千上万没人爱或爱过头的人得救。"

"你看合算不合算，杰夫。"韦莱纳说。

"做小善事很容易，"厄涅斯底说，"做大善事呢，才是真正的挑战。"

"注入?"韦莱纳说,"杰夫?"

我不说"同意"。

"妈的,够了。"厄涅斯底说,"韦莱纳,那种药叫什么来着,让他有命必从的那种?"

"**良驯安**™。"韦莱纳说。

"他的**行动包**™里有没有**良驯安**™?"厄涅斯底说。

"每个行动包都有**良驯安**™。"韦莱纳说。

"需不需要他说'同意'?"厄涅斯底说。

"**良驯安**™属于C级药物,所以……"韦莱纳说。

"唉,我认为这根本没道理嘛。"厄涅斯底说,"如果要先征求他的同意才可投药,这种使人服从的药还有屁用?"

"我们只需要一份弃权书。"韦莱纳说。

"多久才能他妈的拿到?"厄涅斯底说。

"我们传真给奥巴尼,再等他们传真回来。"韦莱纳说。

"那还等什么?快去快去。"厄涅斯底说,两人离开蜘蛛头,只留下我一个人。

十

好悲哀。我有一种悲哀、挫败的感觉。我知道他们一会儿就会回来,给我注入**良驯安**™,我就会说出"同意",露出药物影响下那种顺从的微笑。然后**酿郁**™会注入她体内,我受到**语汇丰**™/**恳言**™/**畅聊**™的影响,会开始以快速、机械的语气描述瑞秋在**酿郁**™影响下的自残举动。

好像我只要坐着等,就会再度成为凶手。

和莱西老师为此努力那么久之后,这令我难以接受。

"暴力结束了,从此不动怒。"她逼我反复说。接着,她会让我对"命运的那晚"做"详细的回忆"。

那年,我19岁,麦克·阿佩尔17岁。我们两个喝得烂醉。他整晚找我麻烦。他的个子比较小,年纪比较轻,人缘比较不好。后来,我们离开弗里齐酒吧,在门口的地上扭打。他的身手快,心狠。眼看我快打输了,我不敢相信。我比他高壮,大他两岁,竟然打不赢他?围观的人基本上就是我们认识的所有人。后来,他把我仰天压在地上。有人在笑。有人说:"哇哦,可怜的杰夫。"附近有块砖头,我捡起来,对着麦克的头一记猛击。然后,我压在了他身上。

麦克停手了。他躺在地上,头皮流着血,瞪我一眼,像在说:兄弟,够了,怎么玩真的了?

我们是玩真的,没错。

我是。

我甚至不清楚为什么要那么做。

也许是因为我喝多了,而且年轻不懂事,又眼看快打输了,整个人像被注入了某种药,例如**脾意爆**之类的。

或是**瞬怒**。

或是**毁生**。

"喂,各位,嘿!"瑞秋说,"今天要做什么?"

她那颗脆弱的脑袋,那张毫无伤痕的脸。她一手搔着脸颊,紧张地抖着两腿,村姑裙也跟着抖动,裙摆下穿着木底鞋的脚交叉着。

不久,她就会变成瘫成地上的一团肉。

我应该动动脑筋。

他们为什么要给瑞秋注入**酿郁**™?是想听我描述感想?如果我不在这里描述给他们听,他们就不会动手。我怎么才能离开这里?我可以离开。我怎么离开?只有一扇门可以离开蜘蛛头,但那扇门自动上锁。门外守着巴里或汉斯,配有那种叫作**风纪棍**™的电击棒。我可以等厄涅斯底进来,打他一顿,试试能不能冲过守卫的那关,朝着大门冲刺。

蜘蛛头里有没有武器?没有。只有厄涅斯底的生日马克杯、一双慢跑鞋、一管薄荷糖、他的遥控器。

他的遥控器?

太粗心了。遥控器应该随时扣在皮带上。不然,被我们捡到了，一查"库存目录"，就能来给自己来点**行动包**™里的好东西：一些**爽活**™，也许，一些**嗨乐**™，一些**摇头夯**™。

一些**酿郁**™。

天啊，这不正是解脱的方式之一吗？！

只不过很恐怖。

就在这时，在4号小工作室里，瑞秋大概以为蜘蛛头里没人，于是站起来，高高兴兴地跳起滑步舞。她似乎把自己当成快乐的村姑，刚刚出门，看到她的乡巴佬心上人正向她走来，腋下夹着一头小牛之类的。

她为什么跳舞？没有原因。

只是活得高兴吧，我猜。

时间不多了。

遥控器上标签标得很清楚。

韦莱纳干得好。

我按下遥控器，然后把它丢进暖气管，以免自己待会儿反悔。接着，我站着，心想：我居然真的这么干了。

我的**行动包**™呼呼响起。

酿郁™注入。

接着，恐惧降临了：我做梦也想象不到的恐惧。不久，我把手伸进暖气管猛捞遥控器。然后，我在蜘蛛头里跌跌撞撞，想找到某个东西,什么都行。最后,可见我有多急:我用上了桌角。

死亡的滋味怎样?

一时间无拘无束。

我直接飘上了屋顶。

在屋顶上空盘旋,向下望。我看见罗根,正在照着镜子看脖子上的刺青;我看见基思,穿着内裤,正在做蹲俯跳的健身操;我看见内德·赖利,看见B·卓普,看见盖尔·欧立、斯蒂芬·德威特,他们全是杀人犯,我猜他们全是坏人。只不过,在这一刹那,我看清了不一样的一面。他们诞生时,上帝赋予他们一项能力,叫他们长大以后变成彻底的混蛋。有今天这种下场,是他们个人的抉择吗?从子宫出来呱呱坠地,是他们的错吗?当他们浑身沾满胎盘血的时候,他们难道自我期许日后成为加害人、黑势力、生命终结者吗?在圣洁的那一瞬间,他们呼吸/产生意识(小手开开合合着),难道他们衷心希望(以刀枪或砖块)为无辜家庭制造哀恸吗?不。然而,命中注定的邪路却潜藏内心,邪恶的种子静候水与光,等着绽放最血腥、最毒的花朵。所谓水/光,不只是脑神经的先天倾向,也受到后天环境的影响,缺一不可,将他们(我们!)转换为地球上的废物、凶手,最终被滔天大罪玷污的我们,跳进大海也洗不清。

哇,我心想,这药里是加入了**语汇丰**™之类的吧。

不是。

这全靠我自己思考而来。

我被勾住了,原来是屋顶的排水沟。我蹲着,像个虚幻的滴水嘴兽。我蹲在屋檐,也置身所有地方,看得见一切。我看见透明的脚下踩着排水沟里的一团落叶;看见妈妈,可怜的妈妈,在罗切斯特市的家中,正在刷洗淋浴间,轻轻哼着希望之歌,尽量让心情轻快;看见垃圾箱附近有一只鹿,我的幽魂突然惊动了它;看见麦克·阿佩尔的妈妈,她也住在罗切斯特,侧躺在麦克的单人床上,消瘦、心烦意乱,身躯如同弯钩的形状;看见瑞秋在4号小工作室里,听见我濒死的声响,挨近单向镜想看个究竟;看见厄涅斯底和韦莱纳,冲进蜘蛛头,韦莱纳跪着开始做心肺复苏术。

夜幕降临了,鸟儿在歌唱。我想,鸟儿不是正在激情欢庆日落吗?这些鸟正是地球色彩闪耀的神经末梢的化身,夕阳催动它们行动起来,对每一只鸟灌注生命之甘露。它们转而将生命之甘露献给人间,从每只鸟喙飘送而出,以独特的音符放送出来。全凭它们随机造就的嘴型、喉型、胸腔结构、脑神经作用。有些鸟天生歌喉悦耳,有些没那份福气;有些呱呱叫,有些鸣声婉转动听。

不知哪里传来某个仁慈的声音,问着:你想不想回去?由你做主,你的肉身似乎还可挽回。

我心想:不必了,谢谢,我已经受够了。

我唯一放不下的是妈妈。我希望有一天,在另一个世界,能有机会向她好好解释,也许她听了之后,会以我为荣。让她隔了这么多年后,能最后一次以我为荣。

树林另一边,鸟群仿佛不约而同,从枝叶间陡然向上飞蹿。我加入它们,在它们之间翱翔,它们认不出我是异类。我很高兴,好快乐,因为多年来,这是头一次,从今以后也同样,我这次没有杀人,以后也不会再杀人。

圣诚

内部备忘录

日期：4月6日

发送：员工

寄件人：托德·本尼，科长

主旨：3月绩效

我不愿把这则备忘录视为一封恳求信，但各位也许会有这种感觉（！）。开门见山地说，我们有工作要做，也已经达成了共识。（上个月的薪水支票你们兑现没？我知道我兑现了，哈哈哈）再进一步说，我们也同意做好这份工作。你知我知的是，把工作做得乱七八糟的原因之一，是抱着负面的心态去做。拿置物架打个比方好了，任务是整理置物架。如果在整理置物架之前，花一个钟头的时间去轻视、抱怨、烦恼这件任务，甚至探讨这任务的道德优劣点，诸如此类。结果呢，整理置物架的过程变得比实际更困难。我们都非常明白，整理"置物架"这份工作，在现今的就业环境下，若你们不做，就是换成接替你们的别人做，薪水归他们领。所以这问题可以简化为：我是要高高兴兴地整理，还是苦苦闷闷地整理？对我而言，哪一种心态比较有效？哪一种心态能提升达成目标的效率？我的目标是什么？领薪水。我怎么提升达成这种目标的效率？好好整理置物架，身手要快。哪一种心态能帮助我好好整理置物架，两三下就完成？答案是负面心态吗？各位非常明白，答案不是这个。所以，这则备忘录的重点在于：正面心态。正面的心态有助于各位好好整理置物架，迅速整理置物架，进而达成领薪水的目标。

我想说的是什么？建议大家上班吹口哨吗？也许是吧。以鲸鱼举个例子好了。碰到一具笨重又没生命迹象的鲸鱼尸体，怎么搬走？〔原谅我说起鲸鱼/置物架，因为我们刚从雷斯顿岛的别墅回来，在那边碰到：（1）很多脏乱的置物架；（2）信不信由你，一具真正的鲸鱼的腐尸。蒂米、万斯和我也加入了善后的工作。〕言归正传，比方说，你和几个同事奉命把沉甸甸的死鲸鱼抬上卡车。很难，大家都知道。让这件差事更难的是：抱着负面心态去做。蒂米、万斯和我的心得是，即使心态不好不坏，这件事照样非常难做。蒂米、万斯和我，我们抱着不好不坏的心态，尽力去搬那条鲸鱼，跟另外十几个人合力，死鲸鱼不动就是不动。后来，忽然跳出一个人，一个前海军陆战队员。他说，大家应该调整心态以克服难题。他叫所有人围成小圈，教我们喊口号。我们的精神"振奋起来"了。由上述的比喻延伸出去，我们知道有工作要做时，要让自己振奋起来，以正面心态去做事。那位海军陆战队员的面包车上有几条很粗的束带，借给我们用。大家协力把死鲸鱼抬起来，那种感觉好玩啊，好玩。我不得不说，和一群陌生人把腐烂的鲸鱼抬进卡车，是整个度假行程的最高潮。

我想讲的是什么呢？我想讲的是（讲得很激动，因为这事很重要）：可能的话，大家试试看，尽量把抱怨、自我疑虑降到最低。工作本身或许不是那么轻松，大家有时难免闹情绪，这我知道。我想说的是，我们做每一件事时，尽量不要在道德方面吹毛求疵，不要细究好/坏/漠不关心。细究的时刻老早就过去了。我希望，在将近一年前，在整件事开始的时候，我们人人已和自己沟通过道德问题。既然已经踏上这条路，基于最理性的选择（大家一年前就决定了），现在却被神经兮兮的自我质疑挡路，前进不得，这岂不是自杀吗？你们有谁拿大榔头敲敲打打过？我知道你们有几人干过。我知道，我们那天去帮瑞克敲掉他家后院的平台时，看出来你们有些人用过大榔头。握着大榔头，让地心引力帮你，不顾一切地捶下去，一直捶一直捶,感觉不是很棒吗?各位,我想说的是,做我们这种工作时,让地心引力帮助你:捶下去,屈服于油然而生的那股情绪。这种天然情绪能产生无限能量,我经常在你们许多人身上看到,见到你们在执行任务时精力充沛,毫不自我质疑,全无神经兮兮的想法。去年十月,安迪不是破了纪录吗?他那月的绩效是平常的两倍。抛开所有杂事,暂时忘掉一堆软弱的念头,不去管是对是错,安迪的干劲和精神不是很值得一看吗?我认为,如果大家深深自我反省,难道不会有点羡慕他吗?天啊,他是真的拼命捶呀捶。每次他匆匆经过我们,去拿额外的干净毛巾擦汗时,脸上的那股活力充沛的喜悦,你们看见了吗?那时大家站着看呆了,心想:哇,安迪,你中邪了吗?但他的好绩效是不争的事实。那些数字展示在休息室里,大家都看得到,遥遥领先于我们其他人。虽然十月至今,安迪一直无法再次达到同样的绩效,但是:(1)没人怪他,因为那个月的数字是奇迹;(2)我相信,即使是安迪,也无法再次达到那种绩效。即使如此,他一定在内心深处,偷偷怀念光辉十月精力泉涌的美好回忆。假如安迪自我骄纵,或是神经兮兮地怀抱疑虑,去年十月的绩效能那样轰轰烈烈吗?我很怀疑。当时安迪的表情十分专注,完全像是灵魂离身,从他脸上就看得出来。也许是因为老婆刚生小孩?(如果真如此,贾尼丝应该每星期生一个,哈哈。)

总之,有了十月的绩效,安迪至少算是进了我心目中的名人堂。他的上级——至少以我而言——在密切监测绩效方面,几乎都对他比较宽松。无论他的神情变得多么落寞、自闭(我想大家都注意到,十月以后,他的确变得很落寞、自闭),你们不会发现我密切监测他的绩效。至于其他上级有没有盯着他,我不能讲。其他上级或许发现安迪的绩效掉得令人忧心吧,只不过我真心希望他们不会一直盯着安迪,因为盯着安迪不是很公道的做法。相信我,如果我听见有人在盯着他的消息,我绝对会让他知道。如果安迪忧郁到听不进去,我会直接打电话通知他老婆。

安迪这么落寞的原因是什么?据我猜测,原因是他神经兮兮的,在事后对自己在十月的行为产生了疑问——哇,那不是太可惜了吗?岂不是双输吗?安迪才在去年十月创新高,现在怎么为这事成天哇哇哭?安迪奉我的命令,进六号厅完成的任务,会因为现在成天的哇哇哭就推翻不算吗?休息室里的那些数字会因此奇迹似的往下掉吗?大家走出六号厅,会忽然变得若无其事吗?不会,大家都知道。走出六号厅的人,没有一个不为所动。即使是你们,即使是进六号厅埋头苦干的你们,走出来的时候也不会感到乐翻天,我知道。在六号厅里,我当然也做过让我开心不起来的事情,相信我,没有人敢否认六号厅会搞坏心情,毕竟我们从事的是非常辛苦的工作。不过我认为,赋予我们这些任务的上级知道,我们在六号厅里的工作除了辛苦之外,也很重要。正因如此,他们才密切关注我们的绩效。相信我,如果你们想把六号厅里的气压搞得更低,不妨在工作前后、工作期间尽情抱怨,这样可以把气氛弄得真正让人无法忍受。抱怨的另一个效应是,绩效将会继续探底。而你们的绩效已经低得不能再低了。召开部门会议的时候,上级斩钉截铁告诉我,我们的绩效不能再往下掉了。我说(开会的时候气氛那么紧绷,没胆子是不敢讲这种话的,相信我):讲句公道话,这件工作很辛苦,我的下属做得很累,身心都承受压力。我讲到这里,相信我,全场没人吭声,安静得震耳欲聋。是真的震耳欲聋。而我看见的表情都不是笑脸。休·布兰切特亲口明确指示,提醒我,我们的绩效不准再探底。他还叫我提醒各位,提醒我们所有人,包括我在内:如果没办法清理我们被分配到的"置物架",他不但会另外找人代替我们来打扫"置物架",还有可能把我们摆到"置物架"上,变成"置物架",让别人对着我们从头到脚施展乐观勤劳的心态。果真沦落到那种下场,我想各位能想见,到时候你们会多么后悔,一定是满脸悔恨。在六号厅,各位有时候也会看见

"置物架"被"打扫"时的满脸悔恨。因此,我打从心底要求各位,尽最大的能力,不要沦为"置物架",以免你的同事迫不得已,用尽所有的乐观心态,在六号厅使劲打扫打扫打扫打扫,不顾同事一场的情义。

这是开会时上级对我的耳提面命,现在我只是尽量阐述给各位听。

啰里啰唆这么一大堆,好了,如果你们还有疑虑,想质疑我们所做的事情,欢迎来我的办公室坐一坐。我可以请你们看看相片,见识一下我和儿子们秉持乐观的心态抬起的那条巨无霸鲸鱼。当然,你心存疑虑、来办公室找我的这件事不会外传,永远留在我的办公室里。不过,我相信,凭各位这些年来对我的了解,我讲这句话是画蛇添足了。

一切将相安无事,相安无事……

托德

鲁斯敦狂想曲

阿尔·鲁斯敦站在纸幕后面等待。他紧张吗？对，他是有一点点紧张。换成别人，大概比他更紧张。多数人到这地步，八成会尿湿裤裆。他呢，尿湿了吗？还没。不过，天啊，他倒是能体会为什么有人居然会……

"大家一起来！"主持人呐喊。主持人是个金发女子，像个啦啦队员，扎着两条幼稚的辫子，辫子甩来甩去，看起来似乎要去慢跑。"我们今天来这里，不就是为了打击毒品吗？没错，打击毒品！我们做生意的人赞不赞成孩子嗑药？绝对不赞成，反对到底！我们自己嗑不嗑药？在场的小朋友们，相信我，我们不嗑药，从来不吸毒！因为我能感知能量场，如果一个人被毒品冲昏头，或是抽了大麻，甚至只是喝了太多咖啡，能量场就会变得乱七八糟。这种副作用我最清楚。相信我，因为我以前常抽烟！"

这是一场竞标与本地名人共进午餐机会的拍卖会。所谓的名人，就是头脑不清楚、容易上当的人，笨到被工商协会一问就答应。

"所以我们今天齐聚一堂,一起募款,赞助'让孩子笑离毒品'基金会和他们的反毒小丑大队!"金发主持人大喊,"队员之一是'开小差先生',他在课堂上表演时,先把气球吹成烟管的造型,然后以棺材形状收尾,我认为这太真实了!"

唐弗里房地产的拉里·唐弗里站在我旁边,只穿着泳裤。唐弗里是个好人。好,但不是没缺陷。他脑筋不是很灵光,常年一身古铜色。唐弗里有魅力吗?帅吗?竞标民众会不会认为唐弗里比他,阿尔·鲁斯敦帅?哦,他怎么会知道呢?难不成他喜欢男人?他又不是判断男人帅不帅的专家。

不,他不喜欢男人,从不。

不过,初中倒是有个阶段,他有点担心自己可能喜欢男人。而且摔跤比赛时他经常输,因为他无法专心制敌。他的心头老是惦记:护裆里那玩意是不是因为轻微的勃起而感到疼痛,还是因为前端戳进了透气孔。有一次,他甚至肯定自己轻微勃起了,当时他正和汤姆·里德练习摔跤,他的脸贴在对方那散发着椰子香味的健壮腹肌上。练习过后,他躲进树林里为这事烦恼。后来他领悟到,有时候他抱着猫晒太阳时,猫坐在他的鼠蹊上,他也会有类似的反应。这证明他对汤姆没有性幻想,因为他确定,他对猫没有性幻想,再说他根本没说听过这种事的可能性。想通了之后,每当他不禁怀疑自己喜欢男人,他总会想起那天林间顿悟的情景,事后脚步轻盈,心情豁然开朗。因为他知道自己不受猫吸引,对男人更不可能有感觉。那天,他边散步边踹翻沿途的蘑菇盖,心情无限的轻松。

某种音乐开始演奏,一连串的沉重鼓声响起,穿插着女性的呻吟声,听起来像吱嘎响的门。拉里·唐弗里走上T台,现场轰然响起欢呼叫好声。

什么情况?鲁斯敦心想。欢呼声?叫好声?会有人对我欢呼叫好吗?他很怀疑。他穿着贡多拉船夫的戏服,是个秃头的胖子,谁会对他欢呼/叫好?假如他是个女人,他会对唐弗里欢呼/叫好。屁股紧实、古铜色手臂上肌肉线条起伏的唐弗里。

金发主持人指着鲁斯敦,原地踏步,暗示他出场。

天啊,完了。天啊,完了。

鲁斯敦从纸幕后面走出来,步伐迟疑。没人叫好。他开始踏上T台。没人欢呼。全场观众发出憋着笑的声音。他试着展现性感的微笑,奈何口干舌燥。也许他的黄牙露了出来,萎缩的牙龈也露出来献丑了。

在无情的聚光灯照射下,他愣住了,外表既疯狂又苍老又凄凉,却仍残余一丝傲慢,全场笼罩着一团强烈的窘迫气氛。假如在非关慈善的场合,这种气氛可能导致观众叫嚣、怒骂或乱扔东西,但在这场合,只换来了色拉吧台附近一阵同情的呼声。

鲁斯敦扫去心中阴霾,朝呼声的来处微微招了一下手,如释重负。由于这动作别扭,不经意自曝内心的惶恐,引来了观众的心疼,而这些人在几秒之前正准备嘲弄他。又一个人发出了同情的呼声,鲁斯敦咧开嘴笑了,表情憨傻,引发一波善意的叫好。

鲁斯敦却听不出叫好声里善意的成分。这欢呼这么热烈,他应该伸展肌肉才对。没错,秀出肌肉,欢呼声和叫好声的音量才能更高一些。听在他耳中,他认为这些至少能和唐弗里刚才受到的欢呼/叫好打个平手。何况,唐弗里简直是裸体走秀啊。这表示,严格说来,他已经打败了唐弗里,因为唐弗里非剥光衣裤才有机会跟他,阿尔·鲁斯敦打成平手。

哈哈,可怜的唐弗里,穿着内裤跑来跑去也是徒劳!

主持人拿出捕蝶网罩住鲁斯敦的头,把他和唐弗里一起关进了纸板箱做的监狱。

由于刚刚打败了唐弗里,现在他对唐弗里兴起一阵好意。唐弗里好小子。他和唐弗里是本地商界的两大栋梁。他对唐弗里的交情不深，只是远远地仰慕唐弗里，就像唐弗里远远地仰慕他一样。有一天，唐弗里全家大小走进鲁斯敦的店"忆往情迷"。唐弗里的太太好标致：美腿、蜂腰、长发飘逸，让人看着看着移不开视线。唐弗里的两个小孩也很棒，雌雄莫辨的他们像小精灵，正在礼貌地辩论着什么，也许是在讨论最高法院的沿革？

每个"名人"在纸板箱监狱里都有自己的一扇铁窗。唐弗里这时离开自己的铁窗，走向鲁斯敦。真有风度啊，像个王子一样。他们聊了起来。观众们肯定会嫉妒地猜测，两大栋梁私下在聊什么呢？抱歉了，各位，不能泄露，这是两大栋梁之间的私事。鼓噪起哄也没用。

唐弗里的嘴巴在动，但音乐狂响着，鲁斯敦的耳朵几乎半聋。

鲁斯敦凑过去听。

"我说，埃德，别太在意。"唐弗里喊着，"你刚刚的表现不错。真的。没什么大不了的。一个星期过后，就不可能有人记得了。"

什么？什么鬼话？唐弗里是什么意思？嫌他表现太差劲？认为他在全镇面前害自己难堪？才不是，他的表现明明很劲爆。唐弗里刚才是在其他星球上吗，还是嗑了药？在反毒活动上嗑药？还有，唐弗里刚才是不是把他叫成了"埃德"？

唐弗里只配给他擦鞋。假惺惺，势利眼。他怎么会忘记唐弗里有这么多缺点。他忘记了唐弗里是个假惺惺的势利眼。那次，唐弗里全家走进"忆往情迷"，立刻掉头离开，仿佛嫌弃鲁斯敦的古董收藏品灰尘太厚，配不上唐弗里公馆的摆设——那座山丘上的豪宅。唐弗里的太太也不漂亮，鲁斯敦忽然承认了这点。她的肤色太苍白，就像一个苍白又傲慢的女流浪者。至于唐弗里的孩子们——真的是他亲生的吗？鲁斯敦觉得他们欠一顿刷洗，应该尽量洗掉那种小精灵的味道。他们是男孩还是女孩，真的无从分辨。

鲁斯敦自己没孩子，也没结过婚。但是，他有三个外甥，他们可不是小精灵。正好相反。他们完全是小精灵的反义词，该说他们像巨魔吗，或者笨手笨脚？不，他们很棒。他的外甥们是彻头彻尾的小男子汉，如假包换，甚至可以说男子气概有点过头。妹妹玛格为何坚持带他们去剪那种发型呢？他们都是同一种发型，活像笨拙版的圆颅德国人，刘海剪成一条直线。鲁斯敦真想不明白。每天晚上在地下室，三个男孩都要吵吵嚷嚷地扭打成一团，骂对方是脏手王、吸屁机器人，直到其中一个一头撞上什么金属的东西，大家才扶着受伤的那个上楼，泪水流过他们被打肿的脸颊，活像三个忽然悔过自新的纳粹……

不是纳粹。天啊,是德国人。三个精力充沛的战前德国男孩。个个是健康的小贝多芬。只不过,鲁斯敦很怀疑,贝多芬小时候能这么调皮。这三个小贝多芬一同上教堂。在兄弟的怂恿下,其中一个小贝多芬赤手拆掉了长椅上摆祈祷书的架子,第三个小贝多芬则在赞美诗集上面骄傲地展示四个捏得紧密的鼻屎塔,是他刚从……

要怪就怪离婚。大人离婚,这三个男孩才变得这么调皮。玛格的背景故事很令人难过。高中时,阿尔曾是人气摔跤手,玛格则是小胖妹,加入了"基督一生"社团,疯狂迷恋耶稣。他们在父母的农场上长大。不知为什么,长大后,只有玛格那么土气。高三,她开始和肯·格伦约会。格伦和她同样土气,耳朵大得像碟子。当时有人笑话他们说,结婚时会不会穿连身农夫装当礼服;也有人开玩笑说,玛格和肯会在挤满牲口的教堂办婚事。世上最有可能白头偕老的婚姻就是这桩:两个长相平庸的基督徒农夫。可惜,肯弃玛格而去,爱上另一个农夫的……

玛格的长相并不平庸。她的思想简单,带有一种单纯而朴实的……

她的五官分明,是个五官分明的女人。她——该有的东西都生在应有的地方。她言行举止从容自在,大骂儿子的时候例外,骂儿子时,她的脸纠结成一张红色面具。在她那所极端严格的教会里,离婚女性只有她一人,她的挫折感之深可想而知。同样可想而知她很尴尬:她被迫搬进了哥哥家。她担心哥哥的店哪天关门了(现在看样子是几乎笃定要关门),她势必要辍学,再找第三份工作。昨晚,阿尔在厨房看到她时,她从开市客超市轮班回来。餐桌上摊着社区学校的护士课程教科书,她则累得趴在桌上蒙头大睡。四十五岁当护士——这是个笑话。他明白,大家会觉得这很可笑。只不过,他不觉得好笑,他觉得玛格值得钦佩。像唐弗里那种人,狗眼看人低,才会觉得好笑,才会一看到玛格那身松垮的护士制服,就急忙把被惯坏的小精灵们赶进那栋大而无当的唐弗里豪宅。最近那栋豪宅登上那个什么"居家生活版块"……

唉,豪宅又怎么样呢。甘地家有傲视三州最大的室外弹跳床吗?耶稣家有占地三亩、环绕依比例建造的小山,山顶上还有一座晚上会大放光明的小村庄的遥控赛车场吗?

他的《圣经》里可不是这样写的。

哼,厚纸箱监狱现在挤满了名人。怎么会呢?显然他错过了"马克斯修车行"的马克斯、牛排餐包屋的埃德·博登以及"咖啡心境"那两个高得像怪物的孪生嬉皮兄弟的T台表演。

金发主持人站着不出声,头低低的,仿佛正在等待将最深刻的个人经验灌注到表演结束后的演说里。她想让全场屏息揪心,想一语说服全场:她是最痛心疾首的那一个。

"各位,最关键的时刻到了,"她柔声说,"也就是拍卖会,无声拍卖。假如没有各位的支持,'让孩子笑离毒品'不过是几个强烈反毒者在家里穿着奇装异服而已。请各位写下拍卖的数字,待会儿有人会过去回收,中标者可以和自己拍到的名人共进午餐,并由名人请客。"

结束了吗?

好像结束了。

可以溜走吗?

如果把腰弯低一点,他是可以溜掉的。

主持人继续絮叨着,他成功弯腰逃跑。

来到更衣区,他发现唐弗里的衣裤乱丢在椅子上:打褶的名牌西装裤,上等丝质衬衫。唐弗里的钥匙串和钱包掉在地上。

把好端端的更衣区搞成这样,只有唐弗里会做这种事。

唉,何必为了唐弗里生气呢?唐弗里又没招惹到他,不过是讲了一句话,想显得友善一点。就当发发善心,毕竟他是比自己低一等的人。

鲁斯敦向前跨出一步,踢了那钱包一脚。哇,滑得好远,钱包飞进了看台台阶的底下,就像冰上曲棍球。地上只剩钥匙串,更凸显皮夹不见的事实。糟糕。他可以辩解说,皮夹是被他不小心踢进下面去的。这也算是实话,踢皮夹的动作其实不经大脑,他只觉得想踢,脚就动了。他就是这样随性,这是他的优点之一。所以他才顶下那间店,一间快倒的店。他又踢向钥匙。搞什么,他怎么做出这种事?钥匙串居然比皮夹滑得更远。这下子,皮夹和钥匙都远远地滑进了台阶底下。

哎哟,太不凑巧了。一不留神,就把那些东西踢到下面去了。

唐弗里冲进更衣区,大声打着电话,用的是万事通的语调。

她会没事的,唐弗里大声对着电话说,她很紧张,不过也很兴奋。她装作很勇敢,不苟言笑。这孩子难能可贵啊,总是帮忙做家务。轮到她的日子,她会把衣服搬到楼下,把垃圾桶拖到路边。她失眠一个星期了,太兴奋了。她最期待的是什么?是体育课和同学一起跑步。想想看,她的脚从小就是歪折的,走路一瘸一拐,现在医生终于发明了矫正的方法。对啊,是很吓人,没错,要把脚掰断再用矫正器重新塑形。可怜的孩子等了这么久。他们应该尽快回家,带上她,火速赶去医院。这场拍卖会拖得太久,似乎永无止境。早知道他就不来了,可是这场拍卖会为的是做善事。

鲁斯敦赶紧穿好衣服,离开更衣区。

天啊,唐弗里在说什么?看样子,有个小精灵不是那么完美……

有个小精灵是跛脚吗?他不记得。

唉,真悲哀。生病的孩子真是让人……孩子是我们的未来。鲁斯敦愿意不计代价帮助那孩子。假如他的外甥脚长歪了,就算上刀山下油锅,他也要把孩子治好,甚至不惜抢银行。假如生病的是女孩,情况更糟。参加舞会时,有谁肯邀请一个内翻足或歪脚的女孩跳舞呢?你只能眼看着女儿坐在一旁,拿着拐杖,打扮得美美的,却没舞可跳。

数百片枯叶的碎屑随风掠过连锁快餐店的停车场。一只鸟站在挡车墩上,被直奔而来的树叶吓得飞走了。可怜的叶子,永远也追不上那只鸟。

除非他掷石头砸死那只鸟,让鸟的尸体躺在停车场里。感激万分的叶子们会拥他为"叶子之王"。

哈哈。

他对准一堆枯叶,狠狠地踢了一脚。

可恶,好想哭。为什么?有什么好哭的?为何这么伤心?

他开车驶过市区。他从小在这里长大。河水的水位很高。小学新设了一座自行车停车架。路过"弗兰纳里养狗场"时,一大群狗像往常一样跳向围墙。养狗场的隔壁是"麦克希腊烤肉店"。在鲁斯敦还是苦闷的七年级学生时,妈妈曾带他来麦克的店里喝可乐。

"你有什么困扰吗,阿尔?"妈妈问。

"同学都说我爱发号施令,骂我肥猪,"他说,"而且还说我喜欢偷偷摸摸的。"

"这个嘛,阿尔。"她说,"你是爱发号施令,是胖了点。而且我猜,你有时候也不够光明磊落。不过,你知道自己还有什么特点吗?你拥有道德勇气。当你知道做什么事才对的时候,你会不计代价地去做。"

妈妈有时候说得很有一套。有一次她说,看他直奔上楼的样子,就知道他以后会成为登山健将。还有一次,他数学拿到 B 减,她建议他以后当一个天文学家。

好老妈,总是让儿子觉得自己是特别的。

他的脸突然变得火热。他觉得妈妈正从天堂注视他,目光严厉却带挖苦,一如生前的模样,仿佛说着:喂,是不是忘了一件事?

呃，那件事是意外。他只是不小心，阴差阳错，把东西放错地方而已。用他的脚，一时兴起，随意踢了几下。

在天堂的妈妈眼睛眯成一条线。

谁叫他们欺负我，他说。

在天堂的妈妈用鞋跺了跺地。

怎么办？回去帮他们找钥匙串？他们会知道那是他干的好事。更何况，唐弗里大概早就走掉了。说不定，唐弗里的太太另有一串备用的钥匙。虽然，唐弗里的太太今天没来。不过，唐弗里可以找个人开车送他回家，在他找了一会儿钥匙，发现是白费力气之后。但那时已经太晚了，不得不重新约时间带女儿去……

可恶。

哦，又死不了人。不会有人因为这就死掉。虽然这孩子需要再等几个月才能……

鲁斯敦把车开进一条铺着白色石子的车道，他需要想一想。一条约克夏犬冲向围墙，煞有介事地叫了一通。接着来了一只鸡，哈，一只鸡和一条约克夏犬，在同一个院子里。两只动物并排站着，看着鲁斯敦。

有了。

他想出对策了。他可以偷偷回去，假装没离开过。大家忙着找皮夹和钥匙的时候,他可以陪他们找一阵子。等大家快死心时,他再说:我猜,你们已经找过看台下面了吧?

"呃,没有。"唐弗里会说。

"也许值得一试。"鲁斯敦建议。

他们找了几个人过来,一起搬开看台架子,果然在下面发现了皮夹和钥匙。

"哇,"唐弗里会说,"你好厉害。"

鲁斯敦会说:"第六感而已,我只是在脑海里逐一排除了其他的可能。"

唐弗里会说:"不好意思,以前低估你了。改天请你来我们家坐坐。"

"去你们的豪宅?"鲁斯敦会说。

"对了,阿尔。"唐弗里会说,"抱歉,那次去你的店里时,我们立马就掉头走了。那太无礼了。还有,阿尔,刚才把你叫成'埃德'是我的错。"

"哦,你叫错了吗?"鲁斯敦会回答道,"我根本没注意。"

豪宅里的晚餐会很顺利。不久,他简直变成了这个家里的一员,想来就来。太好了,能在豪宅里来去自由真好。改天他应该带外甥们一起来,但他们最好别弄坏豪宅里的东西。想摔跤?去外面摔个够吧。他可不希望朋友的豪宅被搞得一塌糊涂。他似乎能看到唐弗里的娇妻为了那些被男孩子们打坏的东西黯然神伤,瘫倒在椅子里,然后开始啜泣。

谢谢,男孩们,太棒了,还真是感激不尽。出去,快出去,出去给我静静坐着。

巨大的窗外满月高挂,他和唐弗里穿着燕尾服,唐弗里的娇妻穿着低胸的金色衣装。

"晚餐很丰盛,"他说,"你们家的晚餐一直很丰盛。"

"只是我们的一点小心意,"唐弗里说,"那次我笨到找不到钥匙,多亏你帮忙。"

"哈哈,对。呃,那次嘛……"鲁斯敦说。

接着他和盘托出:说出他不慎做错事,良心发现,冲回去挽救。

"太不可思议了!"唐弗里说。

"像你那样冲回来,"唐弗里的娇妻说,"没勇气的人可办不到啊。"

玛格也在,她来凑什么热闹?算了,她可以留下。玛格是个好人,聊天还算有趣。唐弗里夫妇会懂得欣赏她的优点,就像他们欣赏他的优点一样。妈妈的在天之灵,如果看见子女终于受到上流人士的重视,终于被请进气派的豪宅,她会多么高兴啊。

一声下意识的心满意足的叹息打断了鲁斯敦的遐思。

哈。

搞什么?这里是什么地方?

约克夏犬正在嗅那只鸡,鸡似乎并不介意,甚至没有发现。鸡全神贯注地看着阿尔·鲁斯敦。

哼,想得美。会发生这种事情才怪,他会冲回更衣区才怪。那些人保证会看穿他的居心,会玩死他。大家老是看穿他的居心,然后玩死他。参加校队的那段时间,他偷走柯克·戴斯纳的外挂镜片,被队友识破,被队友整得很惨。他背着西尔偷情,被西尔识破,接着她解除婚约,背着他和查尔斯偷情。查尔斯把他整得很惨,这大概是他一次比一次被整得更惨的人生中最惨的一次。

他把心思转向妈妈,像往常一样,寻求爱的鼓励。

"什么,那个笨蛋唐弗里一辈子没犯过一次错吗?"妈妈说,"一辈子没有不慎铸成一件憾事吗?你只是犯了一个小错,他竟敢给你贴标签,骂你是混账、小人、幼稚的恶棍?这公平吗?你该不会以为他一辈子从来不求人谅解吧?"

"大概没有吧。"鲁斯敦说。

"怎么可能没有?"妈说,"阿尔,我对你最了解了,你全身上下没有一根贱骨头。你是阿尔·鲁斯敦,别忘记。有时候你会认为,自己好像有问题,然后事后都证明,你根本没有。何必为了这事自责,而错过此时此刻的美景?"

妈妈的语调轻盈,让他的心情轻快起来。

他驶出车道。妈妈说得对,这世界充满美景。这里有一座拓荒者墓园,泛黄的墓碑东倒西歪;这里有一间充满活力的连锁修车行;一群野鸟飞成一条直线,然后降落在一棵遭过雷击的树木的树枝上。他知道,刚才脑海里的声音不是妈妈真的在对他说话,他只是想象妈妈可能会怎么说。谁知道妈妈会怎么说,她的人生走到尽头时,有时就像个老疯婆。但他确实很想念她。

他又想起跛脚的女孩。他们会因为错过预约的时间,然后不得不重新申请预约,但最早的空档也排到几个月以后。夜深人静时分,她伸手摸着自己扭曲的脚,一声呻吟。明明她很快就能……

胡思乱想什么。别净想一些负面的事,应该让疗愈的过程开始。大家都懂得这道理。应该爱自己。有什么正面的事情可想?自己的店:想想办法改善它,把它整理得像模像样些,为它灌注生命力。他会加设一个咖啡吧台,剥掉那块肮脏的旧地毯。想着想着,他的心情好转了。人不能没有欢乐,欢乐是人前进的动力。一旦他能让那家店转亏为盈,他就继续发展,把生意做大。每天早上,店门口都会排起几条长龙。他想象自己推开人群前进时,大家面带微笑,拍拍他的背,问他:考不考虑竞选镇长?把古董店改造得这么成功,不如接下来改造本镇吧?哈哈,竞选市长,应该很有趣吧。他的竞选旗帜会是什么颜色?他的竞选口号是什么?

阿尔·鲁斯敦,全民之友。

这个不错。

阿尔·鲁斯敦,我们中最棒的。

有点虚荣。

阿尔·鲁斯敦:和你一样,但比你更好。

哈哈。

他来到店门口,但没人等着开门。一张满是泥巴的防水布从废品场飘来,贴在橱窗上。废品场对面是高架桥,流浪汉在桥下徘徊。这些流浪汉快要毁了他的……

咦,他们好像比较喜欢被称为"无家可归者"。忘记在哪里读过,"流浪汉"是一个贬低人的称呼?天啊,他们脸皮太厚了吧。一辈子不必干活,到处偷窗台上的派,竟敢大声争取所谓的权益?鲁斯敦想走向一个无家可归者,当面喊他"流浪汉"。他还要走过去,揪住他的领子,对他说:喂,流浪汉,我的生意快被你毁了。你害我连续两个月交不起房租,还不赶快滚回你的老家,也许……

那些乞丐拿着粗制滥造的标语,走过他的店面时,总令他恨得牙痒。他们至少也要把单词拼对吧!昨天,有个乞丐走过店前,标语写着:请救助无冢可归者。鲁斯敦特别想对他喊一句:喂,真抱歉你们没有冢!他们整天窝在高架桥下面,起码也应该互相校对一下……

停车时,他的脑子一片空白。他在哪?他的店铺,呃,钥匙在哪?系在那条又老又丑的带子上,总是掏不出口袋。

天啊,一想到要进去开店,他就受不了。

他在车里整整坐了一个下午。他为什么非要开这家店不可?是为了什么?是为了谁?

为了玛格。玛格和外甥都仰赖着他。

他又坐了一分钟,深呼吸。

一个穿得脏兮兮的老人蹒跚而来,拖着一片厚纸板,想必就是他的床。老人的牙齿丑如食尸鬼,眼睛又湿又红。鲁斯敦想象自己跳下车,打倒老人,对老人踹了又踹,以这种方式给他上宝贵的一课,教他如何守规矩。

老人对鲁斯敦勉强地笑了笑,鲁斯敦也对老人勉强地笑了笑。

森普立卡女孩日记

(9月3日)

因为今天我就四十岁了,我决心开始一项大计划,每天在这本崭新的黑皮本里写日记。黑皮本是刚从文具连锁店买的。想想就兴奋,如果每天写一页,一年后就能累积365页,能让孩子们&孙子们一窥上一代的生活,有曾孙的话更好,欢迎(!)大家一起翻阅,看看现在/过去真实的生活是什么样子。毕竟,我们真的了解其他时代的生活吗? 从前的衣服是什么味道? 马车会发出什么声音? 未来的世代会知道,比方说,晚上飞机从头上飞过是什么声音吗,如果到时已经没有飞机了? 未来的世代会知道猫在半夜打架吗? 未来会不会发明出某种药物,让猫不再打架? 昨晚梦见两只恶魔在做爱,醒来后发现其实只是两只猫在窗外打架。未来的世代还明白"恶魔"的概念吗? 他们会不会觉得,相信"恶魔"存在的思想太陈旧? 还会有"窗户"吗? 即使像我这种大学毕业的人,有时候也会梦到恶魔,醒来时浑身冷汗,相信床下可能躲着一只。未来的世代会不会觉得这可笑?无论如何,管他呢,我又不打算写百科全书。如果任何未来世代的人在读这本日记,如果你想知道"恶魔"是什么,找一本百科全书查一查,如果你们还有百科全书的话!

越扯越远,因为累了,因为窗外有猫在打架。

不论每晚多累,也要写个二十分钟。

好了,后世万代的人们,晚安。请记住,我和你们是一样的人,也呼吸空气,快睡着时腿的肌肉还会紧绷,而且拿铅笔写字,有时还会举起来放到鼻子底下嗅一嗅。只不过,谁晓得呢,未来的你们也许已经用激光笔写字了?不过,它们也有某种气味吧?未来的世代仍有嗅(激光)笔的习惯吗?算了,时间不早了,这些哲思越扯越远。但本人在此下定决心,每夜至少书写二十分钟。(若后继乏力时,可以想想看,持续一年下来可记录多少供后世参考的数据!)

(9月5日)

糟糕,漏掉一天。忙坏了。概述一下昨天发生的事。昨天有点风波。去学校接小孩时,"公园大道"的保险杠脱落了。(提醒后代:"公园大道"=一种车型)我们的车不新,有点旧,有点锈。伊娃上车,问我"垃圾集锦"是什么意思,就在这时,保险杠掉了。教历史的雷恩老师挺热心的,替我们捡回保险杠(提醒:给校长写表扬信),还说,他的保险杠也掉过一次,那时候他是个穷大学生。伊娃向我保证,保险杠脱落没事的。我回应说,当然没关系,这种事常有,说发生就发生,绝对不是我造成的。三个乖孩子坐在后座,怯生生地握着横压在大腿上的保险杠,他们的小脸上表情沉痛,这一幕景象停留在我脑海。伊娃旁边的窗户一直开着,因为保险杠太长,一端伸出车窗外。所以她今天总打喷嚏,而且保险杠有个地方很锐利,在她手上割出了小伤口。雷恩老师在伸出车窗的一端保险杠上绑上手帕,提醒行车注意,防止剐到别人的车。伊娃大声表示,她担心我们会忘记归还手帕("对啊,爸爸,我们就是粗心的那种人。")。我说,我怎么看都不觉得我们是粗心的一家人。结果,当然,回家途中,手帕飞走了。

莉莉喜欢站在制高点发言。她像往常一样说道:什么破保险杠,谁在乎?反正我们很快就能买新车了,等我们有钱了,对不对?回到家,把保险杠放进车库。在车库里发现一只松鼠/老鼠的尸体,爬满了蛆虫。我把松鼠/老鼠的大部分铲进了大垃圾袋。车库地上依然留下了松鼠/老鼠的残余,像是一摊长着几簇毛的油渍。

站着抬头看这栋房子,伤心。想法:为什么要伤心?别伤心。伤心的话,会害大家跟着伤心。高高兴兴走进门,别提保险杠的事,别提松鼠/老鼠的残余,或是蛆。然后,多给伊娃一点冰激凌,因为我刚才的口气太凶。

她是最乖的一个,心地善良。有一次,她还小的时候,发现院子里有一只死鸟,就捡起来,放在秋千滑滑梯上,让鸟能"看见它家人"。我们要把旧摇椅扔掉时,她哭了,声称摇椅告诉她,它想在地下室渡过余生。

从现在开始应该做得更好!再亲切一点,从现在开始。很快他们就会长大,假如他们只记得你是个开着烂车、动不动发脾气的人,那才悲哀。

必做事项:计算支票簿的收支;给"公园大道"贴上检测通过的标签;更换保险杠(自我提醒:想获得检测标签,非换保险杠不可吗?);把松鼠/老鼠的残余刷洗干净,好让小孩能在夏天进车库表演话剧。

应做事项:打扫地下室。(最近的降雨导致了一场小型水患,泡烂了为圣诞节而囤积的纸箱/邮购文具。天竺鼠的笼子也漂来漂去,现在移到了洗衣机上面。现在,洗衣服时,记得暂时把笼子放回水里。)

我何时方有充足的闲暇/财富,足以让我安坐在干草堆上望月升,足以让家人在富庶的豪宅里安眠?若有那么一天,我将有机会深深反省人生之意义,等等。我一向有预感,这些美好的事总有一天会降临我们家!

(九月六日)

今天参加了莉莉的朋友莱斯利·托里尼家中的生日派对,非常压抑。

这栋豪宅曾接待过拉法耶特侯爵。托里尼带我们参观那间卧房:现在成了他们的"娱乐房",有液晶电视、弹珠游戏台、脚底按摩器。占地三十亩,六间外屋(那些被他们称为"外屋"):一间放法拉利(三辆),一间放保时捷(两辆,另一辆正在改装),还有一间放着一座古董旋转木马,他们全家人正在合力整修(!)。放养鳟鱼的小溪上方,有一座东方风格的红色小桥,从中国空运而来,还让我们看了上面遗留的某个朝代留下的马蹄印。在前厅的斯坦威钢琴旁,展示着其他石膏拓下的各种桥上的马蹄印,年代更久远。巨大的桃花心木展示柜中放有毕加索的亲笔签名、迪士尼的亲笔签名,还有葛丽泰·嘉宝穿过的洋装。

菜园由一个名叫卡尔的园丁照料。

莉莉:哇,这菜园比我们家院子大十倍。

花园则由另一人照料,奇怪的是,这人也叫卡尔。

莉莉：难道你不想住在这里吗？

我：莉莉，哈哈，别……

帕姆（我老婆，非常贴心，是我今生最爱！）：怎么，她讲错什么了？难道你不想吗？难道你不希望住在这里吗？我知道我想。

房子前面有一片开阔的草坪，站着一群我见过最大规模的SG，全穿着白罩衫，随风轻飘着。莉莉说：可以靠近看看吗？

她的朋友莱斯利说：可以，不过我们通常不会这么做。

莱斯利的母亲身穿印度尼西亚莎笼，说：我们就不了，我们已经看过许多次了。亲爱的，你也许想靠近看看吧？也许你觉得新鲜又刺激吧？

莉莉羞怯地说：对，是的。

莱斯利的妈妈：去吧，尽情地看。

莉莉拔腿就跑。

莱斯利的妈妈对伊娃说：你呢，亲爱的？

伊娃怯生生地挨着我的腿，摇头拒绝。

就在这个当儿，莱斯利的父亲（埃米特）走过来，握着一支刚上好漆的马腿，那是旋转木马的一部分。他说，晚餐时间到了，希望大家喜欢吃旗鱼。鱼肉很新鲜，是从危地马拉空运来的,并且以一种稀有的香料烹制。这种香料只在缅甸的一小块区域种植,得靠贿赂才偷渡得出来。另外,为了确保旗鱼的鲜度,他不得不设计打造一个保鲜柜。

莱斯利的妈妈说:孩子们可以再等等,我们买了一套特制的桌椅。之前放在树屋里的那套桌椅是俄国的,我们在俄国生活过。那套也不错,就是有些旧了。另外,烛台也是古董,那可是罗曼诺夫王朝时代的古董。

上星期,我们才把电线接上去,埃米特说。

他指的是树屋。这间树屋被漆成维多利亚时代的风格,山形屋顶上有一支望远镜探出来,另外似乎还有个太阳能面板。

托马斯:哇,那间树屋好像比我们家大一倍。

帕姆(低声说):不要加上"好像"。

我:哦,哈哈,他想讲什么,随他讲吧,我们别……

托马斯:那间树屋比我们家大一倍。

(托马斯照例又夸大其词了:树屋并没有比我们家的大一倍,顶多算是我们家的三分之一。话虽这么说,没错,这是间很大的树屋。)

我们送的生日礼物不是最差的一个,虽然有可能是最便宜的〔有人送了一台迷你DVD播放器,有人送了真木乃伊(!)

的一撮头发〕。但依我看来,我们送的礼物最窝心。因为在我看来,莱斯利(明显对木乃伊头发感到失望,而且她说,她早已经有了一撮(!))见到我们送的纸娃娃组合如此单纯,似乎很感动。虽然我们买这份礼物时,并不认为这种纸娃娃很俗气。莱斯利的妈妈见了却说:小莱,快看这个,不管俗不俗气,你喜欢吗?我听了心想:对,好吧,也许是有点俗气,也许我们就是故意的。她的话缓冲了下个礼物带来的震撼。下一个礼物是普利克内斯锦标赛(!)的入场券。因为莱斯利最近迷上了马,并且开始早起喂他们家养的九匹马。虽说之前她坚决不愿意喂家里养的六只羊驼。

莱斯利的妈妈:猜猜看,喂羊驼的任务最终落到了谁身上?

莱斯利(尖声):妈,你忘记了吗?那阵子我天天要上瑜伽课。

莱斯利的妈妈:不过呢,老实说,她放学后得去上瑜伽课的那些天,换我来喂羊驼也是一种福气,让我有机会重新认识到它们是多么棒的动物。

莱斯利:我每天都去上瑜伽课的吧?

莱斯利的妈妈:我猜,家长只能信任孩子们吧。信任他们对生活与生俱来的兴趣最后总能战胜惰性,不是吗?就像现在莱斯利和她的马一样。天啊,她好爱它们。

莱斯利：它们好棒。

帕姆：我们家孩子呢，叫他们去前院捡费伯拉的东西都叫不动。

莱斯利的妈妈：费伯是……

我：狗。

莱斯利的妈妈：哈哈，对，是啊，什么东西都会拉屎，难道不是吗？

话虽如此，我们家院子里的狗屎老是捡不干净是事实，即使最近排了值日表，照样没起色。我不喜欢帕姆对全世界广播这件事，好像我们家的孩子不仅穿的衣服比不上莱斯利，还缺乏责任心。她说狗是不够完美的宠物，比不上羊驼、马、鹦鹉（楼上走廊有一只鹦鹉，我去小便时经过它，听见它用法语说"晚安"）等等。

晚餐后，我和埃米特在院子散步。他是外科医生，每周工作两天，将一种小型电子装置植入人脑。或许是某种生物科技？反正它们非常小，好像一个针头还是一枚硬币上面可以放几百个。没有完全听懂。他问我从事什么工作。我说了。他说，好吧，嗯，我们的文化还真会要求某些人从事很古怪的工作。但这既贬损他们自己的人格，又对社会其他人没有实质的好处,怎么能指望这些人抬头挺胸呢?

想不出回应。(自我提醒:想出一个回应,写在卡片上寄去,以此和埃米特建立友谊?)

回到豪宅,坐在特制的观星平台上,看着星星升起。我们家的孩子们看得出神,仿佛我们家附近看不到星星似的。我说,怎么,我们家附近没星星吗?没有回应,没人吭声。其实,这里的星星确实比较亮。观星平台上,我喝了太多酒,忽然觉得讲什么话都显得很蠢,于是我闭上了嘴,好像陷入了昏迷一样。

帕姆开车载全家回去,酒醉的我坐在"公园大道"的副驾驶座上闷闷不乐。孩子们七嘴八舌地称赞生日派对多么好玩,特别是莉莉。托马斯复述着一堆关于羊驼的无聊小知识,是埃米特告诉他的。

莉莉:我等不及过生日了。我的生日派对就在两个星期以后,对不对?

帕姆:你想怎么庆祝,亲爱的?

车内无声许久。

最后,莉莉以悲伤的语调说:哦,我不晓得。随便吧,我想。

车子开到家了。看见自己空荡荡的院子,我们又一阵无语。院子里大半都是杂草,没有红色的看得到古老马蹄印的东方木桥,没有外屋,一个SG也没有,只有差点被我们忘记的费伯。它和往常一样,一圈又一圈绕着树转,直到狗绳越缩越短,几乎把它勒死。就这样,费伯基本上是被自己拽得仰面朝天躺在地上。见我们回家,它以乞求的目光望向我们,神情绝望,又带着一丝蓄势待发的怒火。

我解开狗绳后,它凶巴巴地瞪我一眼,在极其靠近门廊的地方拉了屎。

我等着,看孩子们会不会自觉地去捡狗屎。但是,没有。孩子们只是有气无力地走了过去,疲惫地站在大门边。然后我明白了,应该主动去捡狗屎的人是我。但我累了,还要进屋写这本愚蠢的日记。

我不太喜欢有钱人,因为他们让我们这些穷人觉得自己既蠢又无能。并不是说我们家穷,我觉得应该说是中等。我们是非常非常幸运的,我知道。话说回来,有钱人不应该让我们这些中等家庭觉得自己既蠢又无能。

写日记时仍醉着,时间不早了,明天是星期一,要上班。

上班上班上班。愚蠢的工作。讨厌上班。

晚安。

(九月七日)

刚读了昨天的日记,应该澄清一下。

我不讨厌上班,而且很庆幸有班可上。我不恨有钱人,我自己也立志赚大钱。总有一日,我们家会有自己的小桥、鳟鱼、树屋、SG们,等等,用的至少是我们亲手打拼赚来的钱,不像托里尼一家那样。我觉得,他们一定是继承了一大笔遗产。

今天上班时,午餐期间办赏秋会。我们都下去参加了,大概有一千人,鱼贯而出。三人组的小乐团演奏着。有人散发橙色的小旗子,上面印着"赏秋会"的字样。不久小旗子被扔得满地都是。人工河贯穿中庭,许多混蛋把小旗子扔进人工河,阻塞了河道尾端的过滤器。维修工人的后口袋塞满小旗子,走来走去,神情不悦,用尺子把卡在过滤器里的小旗子拉出来。

赏秋会上依旧供应那种干扁的小三明治。等我们这群人下来时,许多三明治已经掉在餐桌周围的地上,有些上面还有脚印。

我们赶紧去路边坐下,匆匆吃起来。

我坐着想到伊娃,多么乖巧的女儿。昨晚,生日派对过后,我发现她在卧房里闷闷不乐。问她,为什么?她说,没有为什么。但在素描簿上我看见:用蜡笔画了一排伤心的SG。看得出来,她是想把她们画得哀伤,她们耷拉的眉毛似乎快要从脸上掉下来,泪水呈弧形滴下,落地之处鲜花朵朵开。自我提醒:开导她,解释说,她们没有受到伤害,她们不但不伤心,反而很快乐,因为这比她们以前的生活好很多。而且她们是自愿的,乐意的,等等。

有一个很感人的NPR(全国公共广播电台)新闻,说一个孟加拉国来的SG寄钱回家,她的父母因此才能盖一间小茅屋。(自我提醒:上网搜索,下载,播放给伊娃听。首先修好计算机。计算机超级慢。是因为内存不足吗?移除游戏《马戏团孬种》有用吗?游戏里的杂技演员总是卡顿。内存不足+大象跳不起来=毫无乐趣。)

转眼快下午一点了,我们回去工作。在电梯里,有些人仍拿着干扁的小三明治,所有男人都红着脸、系着领带,揶揄着赏秋赏够了,秋已逝了等等。大家兴冲冲讲了一堆傻话,好像为了争夺"傻话奖",讲完后,各自在心中回味刚才讲的东西,顿时一片尴尬无语。

随后的一小段时间,大家纷纷向上看去,看着电梯天花板的镜子里映出的秃顶,以便了解"从上面"看我们是什么样子。

安德斯说:鸟看见我,一定认为我很怪。

没人笑,大家只随便发出声响,填补没人笑的空档,免得安德斯难过,因为他母亲最近才过世。

(九月八日)

去伍德克利夫散步,走了很久,刚刚到家。

那里的家家户户,都有和我年龄相仿的男人坐在大椅子里,在富丽堂皇的橙色灯光下阅读书报。我的大椅子在哪里?橙色灯光呢?没有大椅子,没有富丽堂皇的橙色灯光,没有占满整面墙壁的书架。我们家墙壁上挂的画怎么那么俗气?只有一幅在平价百货买的古董车的画,以及在车库拍卖里买到的一幅通俗画,画的是坐落在海滩的摩天轮。我们是哪里做错了?我们家为何没有带亲笔签名,裱在画框里的艺术家真迹?(自我提醒:结交青年艺术家?年轻的画家到家里来,被我们家的美满幸福感动,然后为我们画上一张全家福?可是,裱框还是贵。也许艺术家到我们家以后太感动了,画好之后还帮我们裱好画框,画框=赠礼的一部分?)奢华是伍德克利夫镇的代名词。花圃美不胜收,入夜后满地的雪松针叶芬芳扑鼻,月光照亮草坪上的快艇。朗费罗街和普帝巷的交叉口有一幢带角楼的大房子,后面有片斜坡,向下两百码的地面是一片完美的草坪。黑暗的草坪上架着十五个(我数过)SG,月光照亮她们的白色罩衫。令人屏息。刮风了,她们以小斜角摆动,衣服和头发(长长的、飘逸的、乌黑的)也呈同样的斜角。不可思议的花卉(郁金香、玫瑰、鲜橙色的不知名小花、长梗上一团团的小花)随风颤抖,发出纸张互相摩擦的声音。长笛音乐自屋内飘出来,不禁让人联想起古代富人建造的大庭园,他们以拥揽自然美景为乐,在里面一边漫游,一边滔滔不绝论述哲理,等等。

风停了,所有东西回归垂直的静止状态。来自草坪的另一边:轻叹声,听不太明白的异国语言。也许他们在互道晚安?也许是在用他们的语言说:"天啊,那阵风好大!"

我差点走下去看个仔细,说不定能跟她们讲讲话,但在最后关头放弃了,心想:等等,不,擅闯私人土地,坏主意。

我站着看了一会儿,边想边祈祷:主啊,多赐予我们一些。赐予我们足够的东西。助我们不要落后同侪。应该是说,助我们不要过于落后同侪。为了孩子们着想。不希望他们因为我们落后太多而感到害怕。

其他别无所求。

一只狗叫着,从两个SG的中间冲了出来,其中一个吓得小小尖叫一声。幸好有狗绳,把狗拽住了。

屋内传来:安静,布朗尼!布朗尼,别叫!

躲在树荫听见这段话,我急忙走掉了。

(九月十二日)

离莉莉的生日还有九天。我很担心,因为有太多压力,不想把生日派对搞砸。问题何在?难道是因为我自己那场十三岁生日派对上发生的事？因为肯·崔兹涅克骑马时摔下来，差点瘫痪？蛋糕也有馊味。还是因为凯特·弗瑞斯伦被蛇吓到，蛇被爸爸拿锄头打死，血肉横飞，溅到了凯特的小洋装上？也许这种生日前的焦虑完全正常，是所有家长都有的现象？

问了莉莉想要什么生日礼物。今天回家，看见一个信封，外面写着：**礼物心愿清单**。信封里面是一些从商品目录上剪下来的纸片："休眠猛兽"，一对温驯的猫科丛林猛兽（至少目前是!），躺在花样繁复的枕垫上，但它们的野性不容轻视。面向左的猎豹：350 美元。面向右的老虎：325 美元。另外以便利贴说明：**爸爸，我的第二心愿是收到**"姐姐为妹妹朗读"瓷偶，出自内华达州艺术家达妮之手，唤回童年时光，勾起大家共有的"讲故事时间"之乐趣与温馨。小姐姐与小妹妹在光滑的石头上阅读：280 美元。

我觉得气馁。(1)为什么十二岁的小女生想要这种老太太的礼物？(2)谁对十二岁小女生灌输了"300 美元＝生日礼物的合理价格"这种观念？对我们来说，生日礼物是一件上衣，一件我们不要的上衣，通常是家人亲手做的。有一年我收到一个篮球，但却是弹性太强的 ABA 篮球，蓝白红三色，而且不知为什么，上面画着小丑。这颗球落地时，反弹的高度比正常篮球高两英尺①,朋友都说它是我的"跳跳蛋"。用头发想也知道,这也花不到三百美元。我相信妈妈是拿香皂打折券去买的。送到我手上时,篮球用手工上衣包住,其中一只长袖子垂下来。然后,妈妈催我穿上袖子过长的上衣,出去"秀给大家看"。大家帮我拍照,我试着运球,朋友阿尔拉着我上衣的长袖子,好像在说:哇,袖子好长。洗出来的相片上,球蹦出了边框,只隐约看得见最底下的曲线,像是月亮。克里斯抬头看着球/月亮,诧异/皱眉。

话说回来,我不想伤莉莉的心,也不想严词提醒她,我们家境窘困。天晓得,她已经被严词提醒过我们的家境窘困无数次了。老师布置了"我家的院子"的作业,莱斯利·托里尼交的是东方小桥的相片,以及SG的个人背景资料(出生地、年龄等等),而且"班上其他同学都交了"。莉莉交的是一个1940年代的保险套包装盒,是去年准备在院子垦地种菜时找到的,这个计划后来放弃了。也许叫她带保险套包装盒去充数是个坏主意?我的出发点是,那盒子也算有点历史,应该很合适,况且,也许大多数人不会发现那是保险套包装盒。可惜被老师识破了,而且当堂指出。孩子们大惊小怪,老师赶紧趁

---

① 1英尺等于0.304 8米。

机讨论起安全性行为,学生们有所收获,但对莉莉来说也许不是件好事。

至于生日派对,莉莉说她宁愿不要办。我问为什么,她说:哦,没有原因啦。我说,是不是因为我们家的房子、院子?因为房子小,院子空荡荡,你怕生日派对办得无聊,怕丢脸?

她听了大声哭着说:哎,爸爸。

其实,一个瓷偶也许不算太破费。交"我家的院子"的作业那天,她放学回家,叹着气,把保险套包装盒丢在桌上。想起她那天的满脸悲哀,我感到在生日时花大钱补偿她一下是值得的。

还是买"姐姐为妹妹朗读"的瓷偶送给她吧,毕竟这个最便宜。只不过,送她最便宜的,对她来说会不会是不好的信号?暗示家长在尽力展示慷慨的中途还是忍不住小气起来。也许最好还是豁出去,买"休眠猛兽"?

刷信用卡买那只猎豹,希望她又惊又喜?

(九月十四日)

今天观察梅尔·雷登。他表现还好。我表现也还好。他犯了几个小错,全被我看到了。他犯了一个"回收"的错误:把易拉罐扔错了垃圾桶。在扔错垃圾桶的时候,由于是从远处扔,扔偏了,只好站起来再扔一次,这是犯了一个人体工学的错误。接着再犯第二个人体工学的错误:捡起易拉罐时未采取蹲姿,而是弯腰捡拾再扔,徒增腰部受伤的风险。梅尔在我的观察报告上签了名,然后叫我重新观察。非常明智。之后他就不再犯错,不朝垃圾桶扔易拉罐了。他也不再犯人体工学的错误,只是在办公桌前坐得直挺挺的,好让我把这情况附加进他的数据里。道虽不同,但我们仍是朋友。

距女儿的生日只剩一星期。

自我提醒:订购猎豹。

可惜事情没这么单纯。最近"威士卡"出了一些状况,刷爆了,超出额度了。全家去"你的意式厨房"吃晚餐,刷不了"威士卡",才发现不对。把帕姆和孩子们留在餐厅,面带灿烂的假笑,我快步走出店门,开车去找ATM。被ATM退卡时吓了一跳。附近有个酒鬼说,ATM坏了,指点我去找另一台。我开车经过他,对他挥手表示感谢,他以中指回敬。第二台ATM,谢天谢地,没有故障,没有退我的卡。

喘着气回到餐厅,发现帕姆正在喝第三杯咖啡,孩子们坐不住,拿着硬币猛敲水族箱,服务生一脸不高兴。我付了现金,多赏一点小费表示歉意。考虑收走孩子们手上的硬币(!)。尽管如此,总的来说算是美好的一夜。真的很开心。孩子们本来挺守规矩的,后来才大闹水族箱。但问题仍在,"威士卡"刷爆了。"美国运通卡"也爆了,"发现卡"濒临刷爆。打电话给"发现卡"公司,可用额度200美元。假设从支票账户转200美元过来(等薪水支票到账),"发现卡"的额度就能回到400美元,这样就能买猎豹了。但是,时间上有问题。目前,支票账户的结余是零美元,所以要先等薪水支票,第一时间把支票存进账户,希望支票能尽早兑现存入。然后,从缴费通知书里挑出几份总额200美元的账单,不付。延期缴款。

近来手头有点紧。

提醒未来的人:在我们这个时代,有一种东西叫作信用卡,发卡公司借钱给你,你还钱时连带支付高额利息。想做事却没钱(例如,购买昂贵的猎豹)的时候,一卡在手真便利。未来世界的你过着安稳的日子,可能会说:负担不起,干脆不买不就好了吗?你说得倒容易!你没有在我们的时代生活过,也没孩子,没有你疼爱的孩子,没见过其他人家溺爱孩子的状况,例如,曼西尼家带孩子们去法国尼斯做古迹巡礼,或是加里·戈尔德带着他家古铜色皮肤的美少年拜伦,去巴哈马群岛度假三星期,潜水探访古沉船。

客观环境的窘困令人丧气。

我想做的事、想体验的生活、想给孩子们的东西太多了。

岁月如梭,孩子们一天天长大。不趁现在,还能等到何时?什么时候才能给孩子丰盛的礼物,让他们体验慷慨?从没去过夏威夷,从没玩过水上降落伞,从没在海滨咖啡厅吃过午餐——戴着一时兴起而买的大草帽。因此我担心:在穷苦的环境长大,孩子们会不会变得事事过于谨慎?不是说我家的孩子们过得穷苦。话说回来,有些事物确实是可望而不可求的。如果碍于家境穷苦,把孩子们教育得太谨慎,他们出社会以后,会不会被社会吞噬?想买个大箱子,装饰成藏宝箱,埋进地下;制作藏宝图,埋下藏宝图,暗中把孩子们引向埋藏宝图的地点。然后,等他们找到藏宝图,对他们说:荒唐,不要做白日梦,谨慎为重,节俭为重,这世界是残酷无情的。如果他们坚持去寻宝,挖出宝藏,不正好为他们上了宝贵的一课,教他们坚持理想到底吗?问题是,从何做起?哪里去弄这样的箱子?箱子里可以放哪些不是太贵的东西?这么大的一个洞,怎么挖?什么时候挖?周末总是忙。假如有多一点钱,可以请女佣,请园丁,让我有空去找箱子,装满箱子,埋下箱子;或者,等我填满箱子以后,可以叫园丁埋箱子;或是干脆让女佣去装满箱子。可是,哪来的钱请园丁、女佣?哪有钱买藏宝箱、宝物?我甚至没钱买那种让藏宝图看起来很古老的工具组。

话虽这么说,痛快的一仗还是非打不可!想想看老爸。老妈离开老爸以后,老爸照常去上班。被裁员以后,改去送报。被报社裁员后,他改做低薪送报员。苦熬一段时日,原本的路线又归他送了。在老爸死之前,他的工作几乎跟被裁员前的工作一样好。做低薪路线送报员的期间,他累积了不少债务,后来也偿清了大半。

自我提醒:去帮老爸扫墓。带花去,跟老爸谈谈,比如我在他送报期间和他的争执。由于租不起毕业舞会穿的燕尾服,只好穿老爸的旧燕尾服,但他的尺寸比我的大一号。尽管如此,也没必要对他无礼。比我高那么多,并不是他的错。毕业舞会时,我就穿他的衣服,裤脚拖地,遮住我向老爸借来的鞋子。皮鞋太窄,因为老爸虽然高,脚却很小。

老爸是好人。他毕生为我们操劳,对我们不离不弃,总是带糖果回家,即使是在给低薪路线送报的早期也一样。

(九月十五日)

可恶,计划行不通,没办法及时把支票转进"发现卡"。支票入账要等几天。

猎豹没指望了。

必须动动脑筋,买其他礼物送给莉莉,在厨房办个只限家人参加的小型生日派对。或者,效法我妈的做法,那就是,在买不起礼物时,把画着礼物的纸包起来,附一张纸条,承诺以后再送这个礼物。但是,自我提醒:不要效法老妈做的其他事——孩子拿着图画来兑现时,翻翻白眼,假装好气又好笑,还反问孩子:是不是以为钱长在树上?

不行。莉莉拿着兑换券找我时,我想阔绰一下,让她惊喜,带她去全镇最棒的地方吃一顿风风光光的午餐。她打扮得美美的,餐厅老板会走过来,带着法国口音说:"哦,原来今天是你的大日子啊!"莉莉脸红了。(自我提醒:学习怎么用法语说"是的,是的,今天是她的生日"。)吃完午餐,我们去逛街买瓷偶。为了让她惊喜,我不只会送她一个,而是两个瓷偶。更棒的是,我要送她更贵的瓷偶,而不是商品目录里面那种次品。

自我提醒:找到那张猎豹的广告,把相片剪下来,做成兑换券。本来是放在小桌上的,后来找不到了。可能接电话时,被拿去写留言了?可能被拿去捡猫的呕吐物了?

自我提醒:研究全镇最棒的餐厅是哪一家。

可怜的莉莉。她还是小不点的时候,头戴着汉堡王的王冠,甜美的小脸充满希望。现在呢?当时,她没有意识到今生无缘当公主,只有当穷人家女孩的命,是"有点穷的"女孩、

"不是最富裕的"女孩。

不办生日派对,不送礼物,可能连猎豹相片兑换券都没有。我可以动手画一只猎豹,但可能让她误以为礼物是骆驼。也许骆驼也落空。我不是画画高手。哈哈!一定要保持情绪高昂。笑是最有效的良方。我相信,总有一天梦想会成真。只是,哪一天呢?为什么不是现在就成真?为什么?

连续三天,头痛得要命。

(九月二十日)

好久没写,不好意思!

哇!太忙又太快乐了,没空写日记!

星期五这天太不可思议了!甚至不用特意写下来,因为我永远也不会忘记那么美好的一天!但为了后代,还是写下来吧。要让他们知道,世上真的有好运和快乐!在美国,在我身处的年代,我希望他们知道,天下没有不可能的事!

看到我在前一则日记写下的"为什么不是现在就成真?",感觉很怪,因为,果然!梦想成真了!

"哇哇哇!"我只能这样喊。我以前不是写过,我午餐时总跑去买刮刮乐吗?写过吗?也许没有?不管了,星期五那天,我中了**一万美元**!每星期五下班,为了犒赏自己一周的辛劳,我会去家附近的店,买一个"黄油手指"奖励自己,顺便买刮刮乐。有时候,如果这星期特别辛苦,我会给自己买两个"黄油手指"。有时候,如果真的非常非常辛苦,那就买三个"黄油手指"饼干。但是,如果买了三个"黄油手指",就不买刮刮乐。不过,星期五,我中了**一万美元!!** 刮刮乐!手里的两个"黄油手指"掉到地上,我手拿着刮开刮刮乐的硬币,嘴巴大张。我好像撞歪了杂志架。店员接下刮刮乐,看了一下,说道:赢家!店员走出柜台,把杂志架扶正,和我握了手。

然后说,我们会收到**一万美金**的支票,一周内。

我跑步回家,把车忘了。想跑回店里,取车,跑到一半又心想,管它的,跑回家再说。帕姆冲出来问,车呢?我拿刮刮乐给她看,她愣在院子里。

"我们是有钱人了吗?"托马斯说,抓着费伯的项圈,拖着它跑出来。

"不是有钱。"帕姆说。

"比较有钱。"我说。

"比较有钱,"帕姆说,"哇哦。"

接着,大家在院子里跳舞。费伯被突如其来的舞蹈吓呆了,然后也跳起舞来,追着自己的尾巴跑。

接着,当然要决定怎么用这笔钱。那天夜里,躺在床上,帕姆提出缴清一部分信用卡账单。我的想法是：是啊，可以。但我总觉得不是那么痛快，而她似乎也不认为这样做很痛快。

帕姆：莉莉的生日快到了，好好办个生日派对吧。

我：我完全赞成，好！

帕姆：最近她心情真的很差，让她开心一下也好。

我：就这么说定啦。

因为莉莉是我们的第一个孩子，我们对她特别心软。与其说心软，倒不如说是老为她穷担心。

于是，我们构思出一套秘密计划，然后执行。

计划是：去绿道园艺公司，请他们把院子改造一番，包括十个玫瑰花丛+雪松步道+池塘+小按摩浴缸+四个SG装饰！最值得期待的是，多久能完成？可不可以秘密施工？绿道的人说，加价，就能趁孩子们上学的期间，一天内完工。（自我提醒：写信向绿道公司称赞员工梅兰妮，她是个超棒的顾问。）

第二步是，暗中寄送邀请函，预定在造景完工的当天晚上举办惊喜生日派对，也就是明晚，也就是我上星期一直没写日记的原因。对不起，对不起，最近实在太忙了！

帕姆和我合作无间，像往日一样，和和气气又亲密，两人的意见完全一致，因此在一切安排妥当的那天夜里，提前上床（！）。（按摩时间，请勿多问！）

写得很俗套,抱歉。

我实在太高兴了。

有时候,我们忙到我看不见她/她看不见我。但现在,我们又看得见彼此了,就像相恋之初,我们去梅洛迪湖第一次约会时,在洞穴里的一堆灰胡子机器人附近热吻,嗅着附近亮蓝色瀑布散发的氯气的气息。

那是我们美好的未来的开始。

我真的好幸福。

提醒未来的世代:幸福是有可能的。和反义词伤心比较起来,幸福好太多。希望未来的你懂得幸福的真谛!我以前懂,后来忘记了。因为习惯了轻度悲伤。轻度悲伤的起因是压力,是客观环境带来的烦恼。但现在,哇,悲伤不见了:快乐!

明天是莉莉的盛大生日派对。

……

(九月二十一日!莉莉的生日!)

有些日子完美到让你忍不住想:人生就应该这样过才对。老了,才会觉得不枉此生,因为我体验过这样完美的一天。

今天就是这样的一天。

由于太兴奋,加上经历这么棒的一整天后的疲惫,或许没办法按照顺序叙述,但我尽力就是了。

早上,孩子们照常去上学。十点,绿道园艺公司的人来了,很和气的工人,壮汉!其中一个顶着莫霍克发型。两点不到,造景完成(!)。玫瑰花种好了,喷泉和步道也完成了。载着SG的卡车三点到。SG们下车,害羞地站在围墙边,等着展示装置设置完成。展示支架很不错。我们挑了"列克星敦"组合(中等价位):青铜柱加上殖民时代风格的饰顶,附带"易释杆"。

SG们已经穿上白罩衫。微线已经铺设好,SG们手里握着松垮的微线,像登山者们握着绳索,只差高山(!)。一个蹲着,其他人客气/紧张地站着。一个嗅着刚种下的玫瑰,她羞怯地挥一挥手,另一个赶紧对她说了什么,似乎是:喂,不准挥手。但我挥手回礼,似乎是说:在这个家里,挥手没关系。

依据法律规定,要有医生在场监督。她们好年轻啊!看起来应该在温迪汉堡连锁店打工。医生问我们,想不想看吊置的过程。他以意味深长的表情看着我们,匆匆向帕姆瞄一眼,像在问,夫人胆小吗?帕姆是有点胆小。有时她不喜欢处理生鸡肉。我说,我们进屋子吧,给蛋糕插上蜡烛。

不久,有人敲门:医生说,都吊起来了。

我：我们可以去看一看吗？

他：当然。

我们走出去。SG们现在吊置好了，离地大约三英尺，面带微笑，随清风飘摇。由左至右依序是塔米（老挝）、葛温（摩尔多瓦）、莉萨（索马里）、贝蒂（菲律宾）。整体效果惊人。总是看到富人家的院子里有类似的摆设，自家的院子如今看起来也富有起来。甚至让你对自己的想法也改观了，仿佛你总算赶上同侪，跟上了时代的脚步。

池塘很棒。玫瑰很棒。步道、按摩浴缸都很棒。

一切就位。

不敢相信我们搞定了全套计划。

提前去学校接了莉莉。她垂头丧气的，因为过生日的她，早餐时没听见我们说"祝你生日快乐"，到现在仍不见生日派对和礼物的影子，而且还被载去看医生，打针？这全是秘密计划。

开车去看医生途中，我们假装迷路。莉莉（气馁地）：爸爸，洪内克一直是我们的医生，都这么多年了，你怎么能迷路？（帕姆事先和护士串通，在我终于"找到"诊所时，护士走出来说医生今天病了，严重到没办法打针。今晚有一连串的超级大惊喜等着莉莉！）

与此同时，家中的帕姆、托马斯、伊娃正手忙脚乱地布置。食物送来了（"蛇尼基餐厅"的烤肉）。朋友们到了。因此当莉莉下车时，只见崭新的院子，同学们围坐在新浴缸旁的新野餐桌旁（自我提醒：写信赞美同学们保守机密，展现出令人赞赏的自制力），还有一排四个崭新的SG，莉莉当场喜极而泣！

拆礼物的时候到了，打开亮晶晶的粉红包装纸，露出"休眠野兽"加"姐姐为妹妹朗读"瓷偶。因为我买的的正是她想要的那个瓷偶，莉莉非常感动。再加上她根本没提过的"夏日迷情"（垂钓的流浪汉小丑，380美元），以示慷慨。接着大家淹没在好几波欢喜之泪、拥抱中，众目睽睽之下，仿佛女儿对父亲的感激和亲情击败了被朋友嘲笑的恐惧。

派对的客人们玩着常见的游戏，像"挥鞭子"之类。总之，在新院子里大家玩游戏也特别起劲。孩子们玩得开心，感谢我们的邀请，好几个说他们非常喜爱这个院子。几位家长逗留到最后，也说他们非常喜爱这个院子。

天啊，等到客人全部离开后，莉莉脸上的那个表情！

我知道，她会永远记得今天。

不如意的事只有小小一件：生日派对结束后，全家正在打扫，伊娃气呼呼地走了，抱起猫，她生气的时候抱猫总是很粗鲁。结果她挨了猫一爪，猫冲向费伯，也向它挥爪。费伯躲开了,撞到桌子,莉莉的玫瑰花摔了下来,砸中了费伯。

我们在衣柜里找到了伊娃。

帕姆:亲爱的,亲爱的,你怎么了?

伊娃:我不喜欢。这样不好。

托马斯(抱着猫跑过来,以显示他是猫主人):伊娃,她们是自愿的。她们好像主动申请的。

帕姆:别说"好像"。

托马斯:她们主动申请的。

帕姆:在她们老家,没有多少好机会。

我:这么做,可以照顾她们的亲人。

伊娃面向墙壁,撅起下嘴唇,似乎马上就要大哭起来。

接着,我心生一计:去厨房,逐页翻看女孩们的"个人声明"。不得了,比我想象的还惨:老挝女孩(塔米)申请前来,是因为两个姐姐已经进了妓院;摩尔多瓦女孩(葛温)以为表姐去德国当洗窗工,其实她被送到科威特做了性奴(!);索马里女孩(莉萨)看着父亲+妹妹相继死于艾滋病,在同一间茅草屋,同一年;菲律宾女孩(贝蒂)有个弟弟,"电脑技术高超",父母亲没钱让他上高中,因为自家的小棚屋在地震中滑下了山,现在只能和另外三家人挤在一间小棚屋里。

我选择了"贝蒂"的档案,回到衣橱,大声朗读"贝蒂"的声明。

我:你好些了吗?你现在了解了吗?你可以稍微想象一下,她的弟弟正是因为她的帮助、我们的帮助,最后才读到好学校。

伊娃:想帮他们,为什么不直接给他们钱?

我:唉,亲爱的。

帕姆:我们出去看看吧,看看她们是不是看起来很伤心。

(她们看起来不伤心,甚至还在月光下小声聊着天。)

伊娃站在窗前,不出声。她真是一口深井,心思好细腻。还是小娃娃时,伊娃的心思就细腻。以前那只猫,扭扭快死的时候,伊娃用眼药水滴管给扭扭喂水喝,在猫窝旁边陪睡。善良的心地。但我担心,帕姆担心:天性太敏感的孩子,出社会以后,会被无情的社会撕裂心肠。换言之,孩子需要磨炼?

莉莉在生日派对后的表现就不同了。她坐下来,一口气写完所有答谢卡。不必任何人说,她主动拿拖把拖干净厨房,接着拿手电筒,进院子查看费伯的活动区域,拿着她新买的屎铲。据说是她自己骑单车,用自己的钱去超市买的(!)。

(九月二十二日)

欢乐时光继续。

对我刮刮乐中奖的事,同事们都很好奇。我把院子的照片带去上班,贴在自己的隔间里。同事们过来欣赏,表达羡慕。史提夫·Z问,方不方便去我家院子参观一下。这可是破天荒:史提夫从来不理我。他甚至向我寻求建议:刮刮乐是在哪里买的?平常通常买多少张?绿道=信誉很高的公司?

我被问得心花怒放——承认这点有些尴尬。

午餐时间,去购物中心,买四件新衬衫。本部门流传着一个笑话:我只有两件衬衫。才不,我有三件相似的蓝衬衫和两件一模一样的黄衬衫,所以才被误解。通常不买新衣服给自己。总觉得孩子有新衣服可穿比较重要,因为不希望孩子们被别的孩子嘲笑只有两件衣服可穿。至于帕姆,帕姆是大美人,童年家境富裕。我不希望富家美女出身的她老穿同一套衣服,不希望她在心里嘀咕:小时候衣服穿不完,现在,因为他(也就是在下),所以只能穿难看的衣服。

更正:帕姆的童年并不优渥。帕姆的父亲=小镇农夫。在小镇边缘拥有一座当地最大的农场。因此,相对于较小、较穷农场出身的女孩,帕姆=富家千金。如果是在大城镇的周边,他们家农场的规模只是平平,可是:这个镇子非常小,中等农场=豪宅。

尽管如此,帕姆配得上一流的东西。

回家路上,经过刮中大奖的那家店。停车买了刮刮乐,外加四个"黄油手指"。想起以前的苦日子,那时我穿着可笑的旧衬衫,买一个"黄油手指"也觉得不好/内疚。

店员记得我,说:嘿,刮刮乐先生,大赢家先生!

全店的人朝我望,我双手各拿两个"黄油手指"挥了挥,仿佛手持权杖,迷你权杖,然后带着快乐的心情走出店门。

为什么快乐?

赢的滋味不错,赢家的感觉不错,成为赢家的事实被大家知道的感觉不错。

回到家,从房子一边绕向后院看一眼。院子美得惊人:鱼在荷叶边游荡,蜜蜂绕着玫瑰花嗡嗡叫,SG们穿着干净的白罩衫,阳光一束束斜射草坪,尘埃冉冉升起,散发出慵懒的夏末的气息。"作息服务小队"(也就是绿道的工作人员,每天三次,来送水/食物给SG们,带她们去面包车后面的移动厕所,解决女性生理问题等等。)的工人正在院子里奔波。

绿道的女孩:后院简直是个仙境。

走进屋内,发现莱斯利·托里尼(!)来我们家了。这事=大事。莱斯利从来不单独来我们家。她说,她喜欢我们家的SG们挂在池塘边,映照在池面上。莱斯利打电话回家,叫她妈妈也弄一个池塘,她妈妈骂她是被宠坏的小混蛋,没有池塘。这=莉莉的大胜利。不是说我们乐于见别人不高兴,是因为莱斯利常在莉莉不悦时得意。所以,仅此一次,莱斯利＝有些难过,莉莉＝乐得轻飘飘,应该没什么吧?

女孩们走进院子,在院子里逗留很久。帕姆和我向外看了一眼,两个女孩没吵架吧?她们坐在树荫下,头凑得很近,正在交流小女生的秘密,巩固莉莉身为莱斯利闺密的地位?无从得知。看不见两个女孩子的脸。

莱斯利的母亲(开着BMW)来了。莱斯利和母亲为了池塘的事吵了两三句。

莱斯利的妈妈:小莱,亲爱的,你已经有三条小溪了。

莱斯利(语气刻薄):小溪等于池塘吗,女士?

莱斯利和母亲离开了。

莉莉在我脸颊上亲了一口,表达感激的心意,然后唱着欢乐的曲子,直奔上楼。

我也好快乐,感觉好幸运。我们凭什么有这份福气?部分原因是,没错:运气。刮刮乐中奖＝运气。但是,俗话也说,运气＝九成技巧,还是,九成准备?准备＝九成运气?技巧＝九成运气?记不大清楚俗话是怎么说的。总之,讲句自夸的话,我们精心经营着好运。没有发神经,没有买游艇、毒品(!),没有失控,没有欲求不满、找小三、变得不可一世。我们只是凭良心看看自己家,理解家人(莉莉)需要什么,然后无声/谦逊地达成她的愿望。

自我提醒：尽力把中奖的好心情拓展到生活的每一方面。在职场上，动作大一点。快步高升（心中有喜悦，脸上挂笑容），获得加薪。锻炼出健康的体魄，开始注重穿着。学学吉他？留意天地之美？何不自学观察花、鸟、树、星座等等，成为大自然真正的一部分，带孩子们在家附近散步，耐心教导他们认识花鸟等等的名称？何不带孩子们去欧洲？孩子们从没去过。他们没有去过阿尔卑斯，没有在山上咖啡馆里品尝过和善的白发旅社主人端来的热巧克力。也许他觉得我家的孩子们知书达理又友善，胜过其他傲慢/有钱的美国孩子（他们总是不把旅社主人的女儿看在眼里。女儿长得漂亮，扎着两条辫子，只可惜脚瘸了），因此他告诉他们一条秘密的登山道，深入不可思议的林中空地。孩子们在森林里嬉戏，陪跛脚的漂亮女儿坐在草地上。事后，孩子们会说，那是他们最美好的一天。我们和跛脚的女儿通过电子邮件保持联系，我们为她在美国安排外科医生，医生深受感动，同意免费为阿尔卑斯山女孩动手术。她的故事跃上本地报纸的头版，我们也跃上阿尔卑斯山报纸的头版？

哈哈。

总而言之就是快乐。

所以才有这么多天花乱坠的想象。

（我其实从没去过欧洲。老爸觉得欧洲的餐点分量太少。后来，老爸失业，开始送报。餐点分量＝不提也罢。）

未来的读者，我梦游般活到现在，如今总算醒来了。刮刮乐中奖就像一通叫醒电话。念大学时，我急着毕业、赢得帕姆的芳心、找工作、生小孩、在职场更上一层楼，忘记儿时那份相信自己注定飞黄腾达的冲劲。小时候，我坐在充满雪松味的卧室衣柜里，望向高高的窗外随风摇摆的树枝，觉得自己将来总有一天要做成大事。

在此下定决心，要以更有力的新方式生活，从**此时此刻**（！）开始。

（九月二十三日）

伊娃令人头疼。

先前我或许提过，伊娃＝心思细腻。这很好，帕姆和我觉得，这＝高智商的迹象。但伊娃不知从哪里学到了"心思细腻＝巧夺父母关爱"的妙招，换言之，她发展出喜欢独树一帜的倾向，也许是借此凸显自己的特殊，让自己显得比别人更优秀、更脱俗？以前，她曾经拒绝吃肉，拒绝坐真皮沙发，拒绝使用中国制造的塑料叉子。幼童做这些事，确实看起来很可爱。

但伊娃年纪不小了,动不动祭出个人原则,渐渐令人觉得她自视清高,这种对权威的反抗开始让人觉得有些做作+逐渐成为她自我认知的基础?

未来的读者,我们这时代的家庭生活,有时近似打地鼠的游戏。未来世界仍有这种游戏吗?塑料地鼠冒出头,你用榔头打死,它掉回地洞,另一只又钻出来,你再打,打死。未来读者或许觉得这种游戏怪异/暴力?你们也许已经不必吃饭就能活下去?整天飘来飘去,彼此热情微笑?有时候,我会认为,当一个孩子开心了,另一个孩子就会"冒出来",或者说,怨东怨西,家长不得不"打"孩子,或者说,消除怨言。

显然,现在轮到伊娃冒出头。

今天,伊娃的老师罗丝小姐写了一张纸条,叫伊娃带回家:伊娃耍脾气。伊娃暴躁,伊娃跺脚。轮到约翰·M喂鱼时,他跟伊娃要鱼饲料罐,伊娃却拿罐子砸他。R小姐说:这可不像伊娃的个性,伊娃是全班最乖巧、最亲切的孩子。

此外,伊娃的图画最近也变得很怪。

纸条还附了伊娃的一幅怪画:

典型的房屋。(看得出画的是我们的家,旁边似乎是一棵樱花树=一团粉红色。)院子里,SG们皱着眉头。第一个(贝蒂)头上的对话框里写着:**哎哟!痛死人了!**第二个(葛温)

用瘦长的指头指着屋子：**感激不尽**。第三个（莉萨）泪流满面：**假如我是你的女儿呢？**

帕姆：好吧，这好像不是闹一两天就消的脾气。

我：对，的确。

我们开车带伊娃去兜风。驶过东岭、柠檬丘。我指向有SG的住家，叫伊娃计数。最后，总共数了大约50家，39家有。

伊娃：不能因为家家都有，就说这样做没关系。

可爱，伊娃模仿着我和帕姆的调调。

来到摇摆鸭十字街，我们见到八人一组的SG布景：（像纸娃娃）手牵手，效果不错。她们似乎在合唱。三个幼童绕着展示立架相互追逐，两只小狗追着幼童。

我：哇，这景象看起来真悲惨。

（伊娃聪明，伊娃机智。因此我才常和伊娃开玩笑。）

伊娃不吭声。

在"弗里茨休憩屋"停车，我点了香蕉船，伊娃点了融雪糕。父女二人坐在木制大鳄鱼上，欣赏夕阳。

伊娃：我搞不懂……她们怎么不会死掉？

我顿时领悟，心里感到一丝轻松：伊娃叛逆的部分原因是她不明了其中的科学原理。我问伊娃，知不知道森普立卡途径是什么？她不知道。我在纸巾上画人头给她看，解释道：劳伦斯·森普立卡

=医生+智多星,发明了一种无痛的方式,能在不伤害大脑的前提下,以激光打开前导渠道,然后用丝质的导线带着微线穿脑而过。微线从这里(点一点伊娃的太阳穴)进去,从这边(点一点另一侧)出来。非常轻柔,不痛,SG全程麻醉。

然后,我决定跟伊娃讲道理。

解释:莉莉正处于人生关键点,明年升高中。妈妈和爸爸希望莉莉能抬头挺胸进高中,当个充满自信的年轻女性,自认家境和同学一样好/富裕,院子和同侪不相上下,也就是说,不再是以前那种乱七八糟的院子,也就是说,不再是莉莉感到难堪的源头。

这样的要求,算过分吗?

伊娃不说话。

看得出她在思考。

伊娃非常爱莉莉,愿意为姐姐挡火车。

接着,我和伊娃分享了自己高中暑期打工的经验。我曾在"美味老墨"(塔可店)打工,店里很热,到处是油渍,老板很坏,老是拿食物夹戳我们的屁股。下班到家,头发上沾满油污+衣服沾满油污。现在叫我做那种工作,我才不干。不过当时呢?我做得很开心,跟柜台的女孩们打情骂俏,跟其他员工一起恶作剧(把坏老板的食物夹藏起来,在自己长裤里面塞杂志,被坏老板戳屁股时才会不痛,坏老板＝一头雾水)。

我说：重点是,所有事情都是相关的。SG们原本的生活环境跟我们大不相同。她们的生活困苦、严苛,毫无前途。我们认为可怕/难受的东西,她们可能不觉得可怕/难受,换言之,她们见过更惨的状况。

伊娃：你跟女孩们打情骂俏？

我：以前的事,别告诉妈妈。

这话引来微微一笑。

我相信这段交心对话打动了伊娃的心,但愿如此。至少我很高兴自己尝试过。爸妈离婚时,老爸带我去喝奶昔,说出离婚的消息。我一直感激老爸这样做,即使老爸碰到伤心事+黑暗时期,还记得把我放在心上,这种用心让我很感动。

老妈跟同事特德·德威特出轨。德威特老是赞美我妈,说她长得漂亮,说她是他早上起床的唯一原因。老妈不习惯听到赞美。老爸爱老妈。但老爸古板,老爸不喜欢把爱挂在嘴上,默默地爱着老妈,沉稳的爱。结婚十周年时,老爸送给老妈一个电动砂磨机(！)。老爸给老妈起的外号＝竹竿。(老妈很高。)老爸常揶揄老妈看起来像高个子男生。有时他走进厨房,会假装被洗手台前的高挑男生吓一跳。老妈被德威特吸引,去酒店和德威特开房,爱上了德威特。(我一直被蒙在鼓里,事隔多年后,老爸临终才全部说给我听。)

多洛雷丝修女听见离婚的风声,下课没让我们出去玩,集中全班高谈离婚=滔天罪过。她说离婚的人死后没好日子过,强迫全班为我爸妈的灵魂祈祷。全班人都看着我,好像在说:都怪你,害我们不能下课。

整件事很痛苦。

依然痛苦。

因此,我才一心一意做个好父亲/丈夫,为孩子们提供稳定的平台。

今晚和帕姆讨论伊娃的状况。帕姆如常给予中肯的意见:戒急用忍,伊娃聪明,伊娃明理。过一个月,等伊娃调适好了,就会忘记一切,恢复快快乐乐的平常心。

我爱帕姆。

帕姆是我的磐石。

……

(九月三十日)

沉默太久,不好意思。

这星期发生了件怪事。

星期一,托德·格拉斯贝格尔死了(!)。

未来的读者认识托德吗?我提过吗?也许没提过。托德不是我的好友,只是同事。托德和我常开一个玩笑,他说我借走传输线,一直不还。其实,那条传输线是公司的,不是他的。他知道,我知道他知道,这只是我们之间的笑话。

那天,一开始好好的,一个晴暖的好天气。早上举行消防演习。整栋综合大楼都被疏散,所有人都来到户外的中庭。因为天气好,所以大家也不在意。大家在路边或坐或躺,敦促彼此小心。见到不同公司的人很有趣,像见到不同部落的成员。纳伯麦克斯公司=技术宅,员工们计算着什么样的高温才能焚毁整栋综合大楼;奥里德=设计公司,有很多嬉皮士、漂亮姑娘。他们的员工多半躺在路边看云,其中一个吹着小木制竖笛。

警报解除声响起,大家喝着倒彩,拖着悲伤的步伐走回公司。

后来,下午两点,消息传遍办公室:托德死了。他在干洗店(!)心脏病发作,就发生在刚刚的午餐时间。

整个下午,大家无心工作,大受惊吓,无精打采,尽力接受托德=死亡。托德的办公桌下:一双登山靴。靠在墙上:一支手杖,托德午休时间常拿着手杖去树林散步。

三点左右,莫名其妙下起太阳雨。

琳达·赫特尼:这场雨像托德最后一次说再见。(琳达=疯子。有一次,她声称站在窗台上的乌鸦是亡夫的化身。因为她看出来,那只乌鸦歪着头、不赞同地看着她,是因为她吃得太多。)

阵雨过后,停车场闪着光。

那天晚上,我发现自己开始以全新角度看待帕姆和儿女们,一切忽然变得珍贵起来。晚餐前我们做了祷告,晚餐前我们一般是不祷告的。但今晚,手握着手,祷告我们感恩好运,感恩彼此。祈祷我们会记得,今后全家碰到的起起/伏伏=与此相比只是路上的小颠簸。

为托德祈祷,为托德的家人祈祷。

几个夜晚之前,托德还在他自己家里,做着每晚的例行公事:掏出口袋里的零钱、陪孩子欢笑、摸摸狗、遥想将来、把脏衣服抛进洗衣篮。

今晚托德在哪里(?!)。

(十月一日)

今天,托德·格拉斯贝格尔的葬礼在下城区的乌克兰教堂举行。

托德的出身显然很卑微。

牧师＝长发黑袍男。仪式全程,牧师凭记忆以乌克兰文歌唱/祈祷。在他边祈祷边踱步时,黑袍跟着摇摆。他是个很吓人的家伙,神态非常专注。布道词：这件事哪里出乎人意外？你们以为能永生不死吗？你们坐在这里,盘算今天接下来要做什么事;托德躺在棺材里,即将以冰冷的土坑作为永远的家。你们和他的差别只有心跳。各位感觉得到吗,在胸腔里？心跳是你们和坟墓之间的一线之隔。你们为何自以为能永生不死？这种想法太蠢了,你们是笨蛋。死很可怕吗？死才不可怕！这是真理,这是事实！

牧师高喊：我们该不该醒过来？该不该？

众人瞪大眼睛,看着牧师。常来的信众除外,因为他们似乎听惯了。

牧师继续说：我们当中,谁今晚会死去？我们以为他是在把无聊当有趣吗？这表示我们才是傻瓜。我们中的任何人今晚都有可能会死,甚至有可能现场暴毙,突然一口气喘不过来,从长椅上摔下去,在一眨眼的瞬间,追随托德入土。

忽然间,教堂楼下的厨房飘来：焖烤牛肉的香味。厨房里的教会女士们开心地聊着天。焖烤牛肉＋锅子铿锵声和摆放碟子的声音＝令人神往。

牛肉香极了，长椅上的人不停骚动。

托德的哥哥和弟弟轮流上台致悼词。

哥哥：托德很贴心，托德很风趣，托德是我生命中的强大动力。我永远不会忘记托德这个奇迹。弟弟：是的，托德是超级强壮的人，托德＝公牛。虽然托德有时太过强势，长远来看，托德给弟弟带来不少正面影响，他教弟弟如何为自己打拼。换句话说，弟弟的童年一直受托德欺负，长大后，再大的风浪也无法再撼动他，也就是说，出社会以后，再凶狠的霸凌也比不上托德对他的打压。但托德很棒，托德是最佳兄长。托德一表人才，难怪托德的爸爸＋妈妈总是忽略他（弟弟）。但托德懂得关心别人，直觉敏锐。托德知道爸妈偏心，所以有时会安慰弟弟说，以他（弟弟）的资质，这样已经好得不得了了。通常刚说完这话，托德就会撕毁之前的约定，比如说，星期三晚上本来轮到弟弟借爸爸的车。因此弟弟的好事被破坏，无法和他真心喜欢的女孩约会，这女孩可能是他的一生挚爱。最后她被塞尔登镇的痞子抢走，只因为痞子的哥哥比托德靠谱，愿意把家里的车让给弟弟开。

托德的弟弟讲得上气不接下气，停歇一阵，似乎讲得意犹未尽。

继续滔滔不绝。

不过,托德很棒,托德那么棒,大家一定会永远怀念托德。托德给全家一个重要的启示:一个人就算很强壮、争强好胜、野心勃勃、不太关心别人的需求,并不代表这人不是最棒、最厉害的哥哥;不表示他不会,偶尔地,出乎所有人意料之外地,违背本性地,做出一件还算体贴的事情。

弟弟的悼词似乎越讲越混乱。大哥臭着脸,上前把他拉下台,对他咬牙沉声地说了些什么。

托德的遗孀上台。似乎讲不出话,三个小女孩紧紧抓着她的裙子。遗孀把麦克风交给最小的女孩。

最小的女孩:拜拜,爸爸。

午餐不错。午餐比好还要更好。告别式太沉痛,午餐＝天堂。拿着纸盘连续吃掉三个焖烤牛肉三明治。教堂外,黄色的树木被风吹着。窗外的一片黄色叶子被吹进地下室。看着叶子落在我的脚边。

我心想:生命真美好。

多么高兴我没死。

假如/哪天我死了,我不希望帕姆的人生孤寂。希望她再婚,享有美满的人生。只要新丈夫是个好人,是个温柔的男人,是个虔诚的教徒,非常顾家+善待孩子们。但孩子们也不蠢,比起这个教徒,他们还是比较喜欢过世的老爸(亦即,我)。

这家伙皮肤苍白,个性沉闷,信教,没啥活力,常穿怪里怪气的毛线衣,总是有点哀伤,因为他生理有毛病,下面硬不起来。

哈哈。

未来的读者,今晚我满脑子是死亡。这些都是真的吗?我迟早会死吗?帕姆和孩子们迟早会死吗?太惨了。为什么我们诞生在这世上,心中充满爱,但故事最后的结局=死亡?太严苛了,太残酷了,我不喜欢。

自我提醒:再加一把劲,在所有方面努力,力求自我改进。

回家后,把孩子们集中起来,叫他们和我一起立下新志向。告诉孩子们,人生短暂,必须善用每一分每一秒,把每天当作最后一天来善用。如果他们有梦想,就去追寻;想尝试什么,一定要去尝试看看。他们会发誓吗?若说我这辈子犯过什么错,那就是一直太被动了。不希望儿女们犯同样的错误。一定要胆大、力争上游、勇敢。再糟糕还能糟糕到什么地步?他们会被后人尊为创新者、英雄、先知(!)。难道保罗·里维尔是胆小鬼吗?难道爱迪生事事谨慎吗?难道耶稣特别有礼貌?走到生命尽头时,他们将不会后悔他们的所作所为,只会为没做成的事情后悔。

睡觉时间到了。睡觉时间有时一团糟:帕姆为孩子们操劳一整天,面对孩子们稍微一点点哭闹,就会严厉教训他们。孩子们上了一天课,累了,一见妈妈要教训他们,就会开始顶嘴。有时互道晚安=孩子们站在楼梯顶端向下叫喊,帕姆站在楼梯底端向上叫喊。有时候还会有书或是鞋子"咻"的一声扔下来,飞过帕姆的身边。

然而,今夜很轻松。孩子们听懂了我的死亡论,排成一行,默默上楼。托马斯转头奔下楼梯,给我一个拥抱,伊娃走到楼梯歇脚处,回头久久地望我一眼(仰慕?)。

多么贴心的孩子们。

未来的读者,作为父母的一大乐趣是:父母给孩子带来正面影响,给孩子留下他们终生难忘的时刻。这一刻改变他/她的人生路径,解放他/她的心灵+思想。

(十月二日)

可恶。

该死。

未来的读者,我们家被绝世闪电劈中了。

容我稍后说明。

今天早上,托马斯和莉莉坐在餐桌前,睡眼惺忪;伊娃还在赖床,帕姆正在做炒蛋,费伯在她脚边,希望有食物渣落地;

托马斯吃着百吉圈,走向窗前。

托马斯:哇,怎么回事?爸爸,你最好来看看。

我走到窗前。

SG们不见了。

全都不见了(!)。

我冲了出去。展示支架空空荡荡,微线不见了,院子门开着。我跑出门,沿路冲到路口,仓皇失措,寻找她们的踪迹。

不见人影。

冲回家里。我打电话给绿道园艺公司,打电话报警。警察来了,在院子里进行地毯式搜索。警察向我指出,院子门附近的泥地有微线的拖痕。他们说,这其实是好现象,因为这表示微线没被拆掉,比较容易找到SG们。微线仍在的话,她们得被迫像婴儿一样慢慢走,如果有人走太快/落后太多,微线一扯,恐怕会扯伤大脑。

另一位警察说,假如SG们靠双脚逃亡,是很容易找到。问题是,拜托,SG们哪可能自己走着离开?她们是被活动分子用面包车载走的,他们正在车上笑掉大牙。

我:活动分子?

警察一:对,你听说过吧?就是"女性保护女性联盟""经济平等公民""森普立卡下地狱"。

警察二：本月第四例。

警察一：这些小妞不可能自己走下来。

我：她们为什么逃走？她们不是自愿来的吗？为什么会跟着那种……

两个警察哈哈大笑。

警察一：嗅到美国梦的香味了,宝贝。

孩子们被吓坏了。孩子们簇拥在围墙边。

校车来了,走了。

绿道公司的外勤代表(罗伯)来了。罗伯＝高、瘦、驼背。他看起来像一把弓,如果那把弓打了耳环＋留着海盗一样的长发,穿着短短的皮背心。

罗伯一来,马上投下一枚炸弹：他很遗憾,他不得已在我们家的苦难时刻扮黑脸,依法前来告知,根据我们和绿道公司签订的合同,如果无法在三周内找到SG们的话,到那时,我们就有责任承担全额的重置金。

帕姆：等等,什么金？

根据罗伯的解释,重置金＝100美元/月,每人,按照失踪时她们与绿道公司合约的剩余月数计算(！)。贝蒂(剩余21个月)＝2 100美元;塔米(13个月)＝1 300美元;葛温(18个月)＝1 800美元;莉萨(34个月！)＝3 400美元。

总计＝2 100美元＋1 300美元＋1 800美元＋3 400美元＝8 600美元。

帕姆：天哪。

罗伯：相信我，我知道这是一大笔钱，毕竟我的主业是写歌。不过，从我们的观点来看……或者，应该说是他们的观点，绿道的观点，我们……或者，他们……做了早期投资，而且，我是说，不难想象吧，光是签证、机票，加起来就是一大笔钱，不便宜吧？

帕姆：没人跟我们说过这些。

我：根本没有。

罗伯：嗯。谁负责跟你交涉的？

我：梅兰妮？

罗伯：好吧，嗯，我就有预感是她。梅兰妮嘛，梅兰妮有时急着成交，尤其是面对A套餐客户的时候，因为这类型的客户本来就追求低价。无意冒犯，不管怎么说，她离职了。想骂她，请去居家卖场找她，她现在是油漆部的二把手，大概正睁眼说瞎话，对客人瞎介绍油漆的颜色。

我感觉一肚子火，身心受挫：有人摸黑走进我家院子，趁孩子们熟睡，偷走了我家的东西？偷走了8 600美元，以及最初设置SG们的钱（大约7 400美元）？

帕姆（对警察）：找到她们的机会大不大？

警察一：谁？

帕姆怒视警察。（帕姆＝捍卫家人时表现得很愤怒。）

警察二：老实说吧，找到的可能性很小。

警察一：不如说根本没有。

警察二：呃，还没有找到过。

警察一：对。凡事总有第一次嘛。

警察们离开。

帕姆（对罗伯）：我们如果拒付，会有什么后果？

我：付不出来。

罗伯神情窘迫，脸红。

罗伯：呃，这个嘛，应该问司法机关。

帕姆：你要告我们？

罗伯：我不会，他们会。我的意思是，他们会告。他们会……怎么说呢？他们会扣押你们的……

帕姆（语气严厉）：扣押。

罗伯：对不起，这事情我很遗憾。梅兰妮呀，小心被我碰到，别怪我揪住你那条蠢辫子，把你的头扭断。开玩笑的啦，我从来没跟她讲过话。不过，重点是，合同上写得明明白白。你们应该读过合同内容吧？

沉默。

我：我们，我们那时很急，急着办生日派对。

罗伯：哦，那当然，我记得那场生日派对，办得好热闹啊。我们大家都在讨论。

罗伯离去。

帕姆气得脸色铁青。

帕姆：哼，怎么办？去他们的，让他们去告。我一分也不赔。太过分了。要这栋烂房子，送他们好了。

莉莉：我们会失去这栋房子吗？

我：我们不会失去这……

帕姆：不会吗？你以为欠别人九千美元，赔不出钱，会发生什么事？我认为这栋房子赔定了。

我：别气嘛，平静一下，没必要这么……

伊娃噘着下唇，一副山雨欲来的表情。我心想：唉，棒极了，家长的不良示范，吵架+爆粗口+在孩子面前暗示房子不保，而孩子的神经紧绷，为今天的风波而难过。

接着，伊娃泪眼婆娑，开始嘟哝着对不起对不起对不起。

帕姆：唉，亲爱的，我只是随口乱讲的，这栋房子不会被抢走。妈妈和爸爸绝不会让……

我的脑海中灵光一闪。

我：伊娃，不会是你吧。

伊娃的眼神似乎在说：是我干的。

帕姆：你干了什么？

托马斯：是伊娃干的？

莉莉：怎么可能是伊娃？她才八岁。连我都不能……

伊娃带我们走出去，向我们解释她是怎么做的：她拖着梯子过来，爬上梯子站在微线的一端，拉了一下左边的升降杆，微线松掉；接着，伊娃把梯子拉到另一端，拉下右边的升降杆。就这样，整条微线落了下来，SG们站回地面。

SG们短暂讨论了一阵子。

然后逃走了。

我气炸了。伊娃捅出这么大一个娄子，害惨了我们，也害惨了SG们。SG们哪里去了？她们躲在像样的地方吗？作为非法难民置身异邦，没钱，没东西吃，被迫躲进树林、沼泽等等，还被串在一起，像锁在一起的囚犯一样被微线串联在一起，真的好吗？至于托马斯和莉莉，他们以为，对父母恶作剧很好玩吗？我记得托马斯早餐时走到窗前，发现SG们不见时假装一脸惊讶。托马斯=坏蛋。至于莉莉：我们为她的生日付出那么多，竟然得到这种回报？

怒火快烧穿我的衣领了。一不留神，气话脱口而出。

孩子们吓呆了。孩子们从没见过我气成这样。

托马斯：爸爸，我们不知道！

莉莉：我们是真的不知道！

托马斯扯着自己的头发，跑出门。莉莉泪流满面，跺着脚走出房间，拽着（一脸震惊的）伊娃的手。

伊娃（愁容满面，对我）说：可是，你明明说过，明明教我们要勇敢……

提醒未来的世代：有时候，在我们这时代，家庭生活会陷入黑暗的困境。家人感觉：我们是失败者，事情每做必错。家长用高分贝吵架，碰到灾难时指责对方。爸爸踹墙，在冰箱附近的墙上踹出一个洞，全家略过午餐。紧张情绪持续紧绷，无法围坐同一张餐桌。令人难以忍受。令人（父亲）怀疑家庭的价值何在，也就是说，令父亲（我）质疑，人类过着独来独往的生活，独居在树林里，只管自己的事，不爱任何人，日子会不会比较好过？

我们今天就有这样的质疑。

我气呼呼地冲进车库。过了这么多星期，那片讨厌的松鼠/老鼠污渍还在。我决定采取行动，根除污渍。使用漂白水+水管彻底清洗。事后，心情平静不少，坐在手推车上，忍不住笑起来。刮刮乐中奖，是我一生最棒的好运，没想到最大的好运竟然迅速成为一生最惨的败笔。

笑变成泪。

我刚才对孩子们讲了气话,现在感到过意不去。

帕姆出来,问我为什么哭。我说没哭,是打扫车库时灰尘飘进眼睛里。帕姆不信,侧身轻轻抱住我+以臀部轻撞,说:你就是在哭,没关系,这段时间很艰难,我明白。

帕姆:进屋吧,让我们把事情恢复原状。我们一定能渡过这难关。孩子们心情糟透了。

我们回到屋里。

孩子们围坐在餐桌边。

从孩子们的眼神看得出,他们迫切想得到原谅,想被原谅。莉莉和托马斯不知道内情。我说,我其实知道他们不知情,只是不知为何之前硬说他们知道。

我张开双臂,托马斯和莉莉冲了过来。

伊娃坐着不动。

伊娃小时候有一头浓密乌黑的卷发。她常站在沙发上,吃着咖啡杯里的早餐麦片,随着脑海里的音符起舞,甩着窗帘绳。

如今:伊娃抱头坐着,如同心碎的老婆婆惋惜着已逝的青春花蕊。

我走过去,把伊娃抱起来。

可怜的孩子在我怀里发抖。

伊娃(低语):我不知道会害我们丢掉这栋房子。

我:我们不会……我们不会丢掉这栋房子。妈妈和我一定会想办法解决。

我们打发孩子们去看电视。

帕姆:那么,要不要我打电话给我爸?

我不希望帕姆打电话给她爸。

帕姆的老爸=里奇(Rich),竟然真的叫自己"农夫里奇"(Farmer Rich),真好笑。不过有趣的是,他确实很有钱。农夫里奇=非常有钱+非常严厉。他一向看我不顺眼,曾多次说我:1)工作不够卖力;2)最好把体重看紧一点;以及,3)最好把信用卡看紧一点。

农夫里奇的身体非常健康,不用信用卡。

农夫里奇不喜欢SG。去年圣诞节对我们大肆说教:他认为拥有SG="炫耀行为";他觉得任何娱乐都="炫耀行为";甚至,看电影="炫耀行为";去洗车,或者说,不在自家车道上洗车="炫耀行为"。有一次,他来我们家住几天,我说我得去做根管治疗。他听了,一脸狐疑地望着我。怎么了?我心想,根管治疗又="炫耀行为"?错:他只是不认可我挑选的牙医,因为他看过那位牙医的电视广告,认为上电视打广告的牙医＝"炫耀行为"。

所以,我不希望帕姆打电话给农夫里奇。

我告诉帕姆,我们应该尽最大的能力自己解决。

拿出账单,模拟缴费的计划:如果缴房贷、暖气、"美国运通卡",外加上次延缴的200美元,余额将近零(剩余12.78美元)。如果延缴"美国运通卡"+"威士卡",就能多出880美元。如果再略过房贷、电费、人寿保险费,仍然只能节约出少得可怜的3 100美元。

我:可恶。

帕姆:我还是发封电子邮件给他吧。试探一下,看他怎么说。

在我写日记的同时,帕姆上楼,写电子邮件给农夫里奇。

(十月六日)

今天上班的情形在此省略。现阶段,工作不重要。下班回家时,帕姆站在门口,给我看农夫里奇发来的电子邮件。

农夫里奇＝狗杂种。

摘录如下:

十二月十日

你们要求的款项入手后,打算如何使用,且让我们谈谈。你们会存起来,作为孩子们读大学的基金吗?不会。会投资房地产吗?不会。你们曾经有机会种下一些种子,但你们转身就把这些宝贵的种子(美元)倒进马桶冲走。挥霍在什么地方?一个某些人认为好看的摆设。但是,我怎么看都不觉得美观。我看到这一带的年轻人也在做同样的事,还有一些老人也凑热闹。我搞不懂这一带的人,也搞不懂你们那一带的人。从什么时候起,拿真人当摆饰成了赏心悦目的事?在这里,其他人忙着在教会行善,关注穷人。好,那也行。不过,在我看来,贫穷很快就会降临你们家了。每当我想啰唆几句在社会立足的道理,就不禁想起这句座右铭:医人者必先自医。只不过,我不反对偶尔去家暴妇女收容所送一两只火腿。所以,我只能拒绝你们。越陷越深是你们自己造成的,想走出泥淖也要靠你们自己,趁这个机会教育一下孩子们(和你们自己)。希望在长远的未来,你们能从中获得宝贵的教训。

我:哎哟。

帕姆打电话给农夫里奇,乞求农夫里奇。农夫里奇在电话里说教,数落我们的理财史,或者说,我们的人生观=挥霍成性。农夫里奇叫她别再问第二遍。由于最初做了傻事+事后急于挽回当初的傻事时,表现傲慢、没头没脑,农夫里奇对我们的评价因此暴跌。

因此,不了了之。

沉默许久。

帕姆:天啊,这太像我们做得出的事了吧。

不知道她指的是什么。也许,应该说,知道但不认同。也许,应该说,认同,却情愿她不要明讲。为什么要明讲?讲出来太伤人,让我们自惭形秽。

我说,干脆直接讲实话,说出伊娃做的事,希望绿道放我们一马。

帕姆说,不行,不行。今天上网找过资料:释放SG们=重罪(!)。虽然我不认为他们会起诉八岁小孩,但想想就怕。如果我们吐露实情,伊娃会不会留下前科?伊娃会被勒令接受心理辅导吗?接受心理辅导会不会留下案底?伊娃会不会觉得:我是坏小孩?然后她会不会走上弯路,跟坏人们交往,漠视学业成就,错失所有未来的可能性,全因为小时候犯的一个错?

不行。

这种险冒不得。

帕姆和我讨论,达成共识:就像古时有一种人叫"噬罪人",专吃罪过。是吃罪人的身体,还是把正餐摆在罪人尸体上,然后去吃?记不太清楚。不过,帕姆和我同意,我们要效法噬罪人,为了保护伊娃而知错犯错,不计代价隐瞒警察,触犯法律也在所不惜。

帕姆问我:是不是还在写日记?日记不是构成法律上的证物吗?日记是不是写了伊娃涉案的经过?日记会不会害我们吃上妨碍司法的罪名?法官会不会将这本日记作为证据?应不应该停写日记?销毁有问题的几页?把日记藏起来?前几天把墙踹破了一个洞,把日记藏进去?采用更有效的方法,销毁整本日记?

我告诉帕姆,我喜欢写日记,不想停笔,不想销毁日记。

帕姆:好吧,随便你。我认为不值得。

帕姆聪明,帕姆能明辨局势。我重新考虑。〔如果日记停笔,未来的读者将知道,我(再度!)认定帕姆=正确。〕

我猜,我希望:警察碰到过太多类似的案子,我们只是小虾米,我们的案子=轻案缓办,这事不久就会渐渐平息。

(十月八日)

料错了,又错了。没有平息。

容我说明。

上班一整天。

很寻常、无聊的一天。

未来的读者能想象我内心的煎熬吗？处理着寻常、无聊的公事,一心只想直奔回家,和帕姆为伊娃研商大计,把伊娃接回家,给伊娃一个热情拥抱,告诉伊娃一切都将风平浪静,叫伊娃不要自责,即使爸妈不认同她的行为,她依然永远是我们的小女孩,永远是我们的掌上明珠。

但在这种生活里,爸爸该做的事就非做不可。

苦撑一整天。

然后,我照常开车回家：路过二手车经销商区、采石区、一长条高速公路,下面是难看的公寓,吊着晒衣绳。经过一段相对诗情画意的路,一边是拓荒者墓园,另一边是倒闭的购物中心。

接着,回到我们的小房子+悲哀的空院子。

一个男人站在后门。

我走过去,跟他聊天。

男人=杰瑞,是奉令侦办本案的警探(！)。活动分子是本镇的治安大敌,他说,镇长决心大力扫荡(!),给他们点颜色瞧瞧。他说,他知道我们家财务告急,认为绿道公司的缺德商人应该下油锅。他说,他本身的财力也有限,是个爱家的男人,他能体会我们被毫无人性的大公司追讨8 600美元的苦处。他说,别烦恼,包在他身上,不揪出活动分子,绝不罢休。他瞧不起活动分子。活动分子不是自认行为高尚吗？高尚才怪。SG们被放走,变成非法移民,抢走"正当美国人"的工作。杰瑞非常反对。杰瑞的父亲从爱尔兰搭船前来美国,全程从头吐到尾,该填的表格全填好。这才是正当的移民方式,杰瑞认为。

哈哈,他说。

微笑,擦擦嘴。

杰瑞很健谈,进警界之前是老师。他很庆幸现在不必教书。他的学生是捣蛋鬼,一年比一年更爱捣蛋。在教育界最后几年,他过一天算一天,等着哪天被捣蛋鬼砍死或枪杀。情况越来越差,因为学生越来越黑。如果你知道我说的是什么意思。他不是看黑人不顺眼,而是排斥拒绝工作、不学英文、坚持对老师恶作剧的那种黑人。杰瑞小时候,做梦也不敢在老师的健怡可乐里偷放小青蛙,何况他是全校最尽心尽力的老师之一。他几乎笃定是某个黑人孩子在整他,因为几乎全班的学生都是黑人。虽然从来没被砍过,但他确定,再待下去,迟早会挨黑人孩子的刀子。胆敢在老师饮料里放青蛙的孩子,就是无法无天,也就是说,下个阶段＝下一个可以预料的阶段。

我说,小孩子不懂事。

对,也不对,杰瑞说。孩子＝未来的成年人。由小见大。他看过一个片子,主人放任幼狮乱跑乱来,结果狮子长大,吃掉了主人。因此,杰瑞主张铁腕管教小孩。

杰瑞说他最近寂寞。他的老婆最近死了。没料到老婆会比他早走一步,她一向比他健康。现在他有点迷惘。老婆健在的时候,本来就瘦如柳叶,病到最后,几乎消失了。如今,杰瑞不急着回家。老婆走后,家里太安静。他没有孙子,从来没生小孩,因为老婆的卵子有问题。

因此,他侦办本案的时间多的是。

杰瑞说,他嗅到不太对劲的地方。犯案手法不像典型的活动分子。活动分子通常会留下示威的记号,例如:"森普立卡下地狱"常留下一面红旗;"女性保护女性联盟"常留下宣言＋SG们细数停留院子的期间,该家庭冒犯／骚扰她们的行为的录音带。活动分子通常会找医生助阵,在SG们上车之前摘除微线。本案中,警方发现门口有微线的拖痕,意味着SG们是徒步逃走的,微线未拆?

大有蹊跷。

杰瑞嗅到怪味道。

不过,别担心,杰瑞说,他是来"长期作战"的。

现在,他要在院子里坐一会儿。他有时会用这种方式办案:设法"钻进罪犯的脑壳"。

杰瑞干咳着,蹒跚地走进院子。

我走进屋内,把一切告诉帕姆。

帕姆和我站在窗前,监视杰瑞。

托马斯:那是谁啊?

我:不是谁。

帕姆:别出去。不要跟他讲话,别理他。

莉莉:他走进我们家院子,却不准我们跟他讲话?

我:对,没错。

写到这里,将近午夜了。杰瑞仍在院子里(!)。杰瑞正在抽烟,杰瑞反复哼着同一段四音符的曲子,好烦人。从客房听得见他的声音+嗅得到他的烟味。多想下楼去,把杰瑞赶出院子,说:杰瑞,这里=我们家院子。我们的孩子在睡觉,明天要上学,你这样不停哼歌,如果把他们吵醒,明天他们上学会难过/犯困。另外,杰瑞,我们家里外都禁止吸烟。

无奈，做不出来。

千万不能孤立杰瑞。

天啊。

未来的读者，我们家在自由落体，不断下坠，家庭大乱。孩子们感受到压力，成天打闹。晚餐后，帕姆逮到孩子们偷看《吾乃抚奶汉》（禁看节目）。男人隔着屏风，把手伸进两个洞里，触摸女孩的乳房，以决定想和哪一个约会。（乳房其实不入镜，只捕捉男人摸乳房的表情和女孩被摸时的表情，以及男人宣布分数时女孩的表情。尽管如此，这仍是个烂节目。）帕姆对孩子们发飙：家里碰到这种事，已经够难熬了，你们就是这样表现的？

孩子一个接一个出生，帕姆和我抛下一切（环游世界冒险的年轻情怀等等），只为了做个好家长。有了孩子，生活缺乏刺激，大部分是苦闷的琐事。许许多多的晚上，事情没做完，得熬夜，累得半死，继续做事；很多时候，蓬头垢面+疲惫，衣服沾着婴儿的便便和/或呕吐物，其中一个还得微笑面对另一个人手里的照相机，笑得倦怠/愤怒。理发太贵，所以头发乱七八糟，毫无美感可言的眼镜一直往下滑，因为找不到空闲去拧紧螺丝。

牺牲这么多年，换来这么一天。

不幸啊。

我刚刚进走廊去查看孩子们。托马斯跟费伯一起睡觉。这是不允许的。伊娃和莉莉睡在同一张床上。这是不允许的。伊娃是乌烟瘴气的源头,像婴儿一般熟睡。

我多想摇醒伊娃,告诉伊娃,一切都会恢复平静的,她的心地善良,只是年纪太小加上一时没弄清道理。

我没叫醒她。

伊娃需要休息。

莉莉的书桌上:一张海报,是莉莉为"心爱的东西之日"准备的作业。海报＝每一个SG的相片,附上她们祖国的地图,附上莉莉写的故事,她显然逐一采访(!)了所有SG。葛温(摩尔多瓦)＝非常坚强,因为童年在摩尔多瓦度过:曾用垃圾堆捡来的染血床单+胶带制作足球,然后用这个血床单足球勤练球技,差点踢进奥运代表队(!);贝蒂(菲律宾)有个女儿,游泳时会遇到海龟,曾坐在海龟背上搭便车;莉萨(索马里)有一次在伯伯的"迷你卡车"车顶上看见过狮子;塔米(老挝)曾养一头水牛当宠物,被水牛踩到脚,因此现在必须穿特制鞋子。另外,在"趣味点滴"上莉莉写着:她们的名字(贝蒂、塔米等等)不是真名,这些名字＝SG的艺名,是绿道园艺公司在她们入境时替他们取的。塔米的本名是贾努卡,意为"快乐的日光";贝蒂的本名是内尼塔,意为"至福的亲人";葛温的本名是叶甫根尼娅，含义不详；莉萨的本名是艾扬，意为"快乐旅人"。

今晚满脑子是SG，未来的读者。

她们现在在哪里？为什么逃走？

完全想不通。

通知书来了，家人庆祝着，女孩流泪，毅然打包行囊，心想：非走不可，我是家人唯一的希望。表情强装勇敢，承诺合约期一满，她马上回国。母亲心想，父亲心想：不能让她走，却还是让她走了。不这样做不行。

全镇的人走路送女孩到火车站/客运站/渡轮码头？一群人搭乘色彩鲜艳的面包车去地方小机场？更多的眼泪，更多的誓言。火车/渡轮/飞机渐渐离去之际，女孩依依不舍地再看最后一眼，望着周围的丘陵/河流/采石场/茅屋等等，总之就是她至今所认识的世界，在心里叮咛自己：不要怕，你总有一天会回家的，衣锦荣归，带一大袋子礼物回来。

现在呢？

没钱，没证件。谁能为她摘除微线？谁肯给她工作？找到工作的话，必须先整理头发，把微线入颅点的疤痕遮住。何时能再见家乡+家人一面？她为何这么做？为何离开我们家院子，自毁前程？本可以在我们家，多做几个月。她到底想追求什么？她渴望的究竟是什么大不了的东西，为何非出此下下策不可？

杰瑞这时正好离开。

院子里的展示支架空荡荡，在月光下显得突兀。

自我提醒：打电话给绿道公司，叫他们把这个丑八怪搬走。

回家

一

和旧日一样,我从屋后干涸的小溪走过来,轻敲厨房窗户几下。

"你给我进来。"妈说。

屋内有几叠报纸放在炉子上,楼梯上有几叠杂志,一大堆衣架塞在故障的大烤箱里。一切都和往常没两样。新鲜事:冰箱上方的天花板出现一片水渍,大小如猫头,且橙色旧地毯卷起了半边。

"哔哔的,清洁女工还没来。"妈说。

我以奇怪的表情看着她。

"哔哔?"我说。

"哔哔你。"她说,"我说脏话被主管念叨。"

妈习惯讲脏话是事实,而她目前在教会上班,所以……

我们站着,四目相觑。

这时有人"砰砰砰"走下楼：比妈更老，只穿四角短裤和登山靴，头戴冬帽，一长条马尾辫挂在背后。

"他是谁？"那个人说。

"我儿子。"妈羞怯地说，"麦克，这是哈里斯。"

"你在那边做过的事，哪一件最可怕？"哈里斯说。

"阿尔贝托去哪了？"我说。

"阿尔贝托跑掉了。"妈说。

"阿尔贝托是白痴。"哈里斯说。

"我对那个哔哔的人没意见。"妈说。

"我对那个欠揍的人很有意见，"哈里斯说，"他还欠我十块钱。"

"哈里斯不改讲脏话的毛病。"妈说。

"你妈只是为了保住工作才不讲脏话。"哈里斯解释。

"哈里斯不上班。"妈说。

"哼，如果我上班，碰到那种规定我该怎么讲话的地方，老子死也不去。"哈里斯说，"要上班，就去那种随便我讲什么都行、能接受我本性的地方。我只愿意去那种地方上班。"

"那种地方可不多。"妈说。

"你是说，能让我随便讲话的地方，"哈里斯说，"还是能接受我本性的地方？"

"只要是你愿意去上班的地方。"妈说。

"他准备住多久?"哈里斯说。

"随便住多久都行。"妈说。

"我家就是你家。"哈里斯对我说。

"房子又不是你的。"妈说。

"至少给这孩子吃点东西吧。"哈里斯说。

"我会的,不是只有你知道要给他做点吃的。"妈说,然后把我们赶出厨房。

"很不错的女人,"哈里斯说,"好几年前就看上她了。后来阿尔贝托跑了,我们才在一起。我搞不懂,有个这么棒的女人在身边,结果女人一生病,你竟然溜掉了?"

"妈病了?"我说。

"她没告诉你?"他说。

他扮鬼脸,手握拳,举到头顶。

"肿瘤,"他说,"不要说是我讲的。"

妈正在厨房里唱歌。

"希望你至少煎点培根。"哈里斯喊着,"一个回家的孩子应该有培根吃。"

"你别管,行不行?"妈回道,"你才刚认识他。"

"我把他当成自己的儿子。"哈里斯说。

"胡扯到哪里去了。"妈说,"你讨厌你自己的儿子。"

"我的两个儿子都让我讨厌。"哈里斯说。

"假如你见过你女儿,一定连她也讨厌。"妈说。

哈里斯面露喜色,仿佛发现妈对他了解够深,大受感动。这表示妈知道,他最终会讨厌自己的所有骨肉。

妈端着茶碟进来,上面有培根加炒蛋。"可能有头发掉进去了,"她说,"最近哔哔的,头发掉不停。"

"欢迎,别客气。"哈里斯说。

"哔哔的,你什么事也不做!"妈说,"别抢功劳。帮个忙,快进厨房洗盘子。"

"我没办法洗盘子,你又不是不晓得。"哈利说,"我会出疹子。"

"他碰到水就会出疹子。"妈说,"问他为什么不能擦干盘子。"

"因为我的背不好。"哈里斯说。

"他是'如果之王',"妈说。"只会说说而不是真的去做。"

"等他一走,老子让你瞧瞧我是什么王。"哈里斯说。

"哦,哈里斯,这玩笑太过分了,好恶心。"妈说。

哈里斯高举双手,仿佛说着:我是冠军,而且宝刀未老。

"你就睡你的老房间吧。"妈说。

二

我床上有一把猎弓,还有一件附带鬼脸面具的万圣节紫斗篷。

"那是哈里斯的哔哔。"妈说。

"妈,"我说,"哈里斯告诉我了。"

我手握拳,举到头顶。

她茫然地望着我。

"咦,可能是我误解了他的意思?"我说,"肿瘤?他说你长了一个……"

"或者,其实他是个哔哔的大骗子。"她说,"他鬼话连篇,胡诌一堆我的事。好像是他的爱好。他告诉邮差,说我装了义肢。他告诉熟食店的埃琳,说我有一颗眼珠是玻璃做的。他告诉五金行的老板,说每次我生气就会晕倒,口吐白沫。现在五金行的老板老是催我走。"

为了显示她多么健康,她表演了开合跳。

哈里斯在楼上"砰砰砰"地走动。

"我不告诉他,你说起肿瘤的事。"妈说,"你也别告诉他,说我骂他是骗子。"

一切渐渐恢复到从前的老样子。

"妈,"我说,"勒妮和瑞安现在住哪里?"

"呃。"妈说。

"在那边,买了一栋不错的房子。"哈里斯说,"钱多多,淹到膝盖。"

"我觉得这不是个好主意。"妈说。

"你妈认为瑞安打人。"哈里斯说。

"瑞安打人。"妈说,"男人打不打人,我远远地就看得出来。"

"他打人?"我说,"他打勒妮吗?"

"别说是我讲的。"妈说。

"他最好别打婴儿。"哈里斯说,"可爱的小玛特尼,超级可爱的孩子。"

"哔哔的,取的什么鬼名字。"妈说,"我早跟勒妮说过,我说过。"

"那是男孩还是女孩的名字?"哈里斯说。

"什么哔哔话?"妈说,"你明明看过那孩子,而且抱过。"

"看起来像小精灵。"哈里斯说。

"是男小精灵还是女小精灵?"妈说,"看吧,他真的不知道。"

"呃,那天孩子穿的是绿色,"哈里斯说,"所以我看不出来。"

"动动脑子,"妈说,"我们送了孩子什么东西?"

"你认为我分不清男孩女孩?"哈里斯说,"那可是老子的孙子辈。"

"哪算是你的孙子辈?"妈说,"我们送的是玩具船。"

"男孩女孩都可以送玩具船啊。"哈里斯说,"不能有偏见。女孩照样可以喜欢玩具船,就像男孩照样可以喜欢洋娃娃,或胸罩。"

"好吧,但我们可没送洋娃娃或胸罩,"妈说,"我们送的是玩具船。"

我下楼找电话簿。勒妮和瑞安住在林肯街上,林肯街27号。

三

林肯街27号位于下城区的好地段。

见到房子,我简直不敢相信自己的眼睛,不敢相信房子上的角楼。院子的后门是红木的,开得顺手,也许门的铰链是液压式的。

不敢相信世上存在这种院子。

门廊装着纱网,我蹲下,躲进门廊边的树丛。屋里有人在讲话,听起来像:勒妮、瑞安、瑞安的父母。瑞安的父母嗓音洪亮/自信,听起来像是暴发户用钱堆砌出来的洪亮/自信的声音。

"不管你怎么说朗·布鲁斯特。"瑞安的爸爸说,"不过,那天我车子在菲尔德斯帕爆胎,朗特地跑去接我。"

"而且那天热得像烤箱。"瑞安的妈妈说。

"而且没有一句怨言,"瑞安的爸爸说,"心肠好得很。"

"照你的说法,他几乎和弗莱明斯夫妇一样好心。"她说。

"弗莱明斯夫妇的心肠好得不像话。"他说。

"而且他们做的善事可多着呢!"她说,"他们接来了好多婴儿,满满一架飞机。"

"俄国婴儿,"他说,"兔唇婴儿。"

"婴儿一到,马上被送去全美各地医院,推进手术室治疗。"她说,"掏腰包的人是谁?"

"弗莱明斯夫妇。"他说。

"他们不是还另外拿出了一大笔钱,用于将来支付大学学费吗?"她说,"给那些俄国孩子。"

"那些孩子生在一个政府快垮台的国家,本身又有残疾,现在被接来全世界最顶尖的国家,不愁吃穿。"他说,"谁有这种本事？大企业吗？还是政府？"

"一对民间的夫妻。"她说。

"那两个人真的很有远见。"他说。

大家无言许久，默默仰慕这对夫妇的义举。

"只不过，你完全想不到他对老婆口气那么凶。"她说。

"这个嘛，她对老公讲话，有时也凶得不得了。"他说。

"有时候是他先对老婆凶，老婆才凶回去。"她说。

"这就像世上先有鸡还是先有蛋的问题。"他说。

"只是凶了点而已。"她说。

"话虽这么说，大家还是忍不住敬爱弗莱明斯夫妇。"他说。

"我们要是能那么棒就好了。"她说，"我们什么时候解救过俄国婴儿了？"

"嗯，我们还好。"他说，"凭我们的财力，载不起一整架飞机的俄国婴儿，不过我想，以我们有限的资源，我们做的倒是还好。"

"我们连一个俄国婴儿都接不过来。"她说，"即使是加拿大兔唇婴儿，也超出我们的财力范围。"

"我们大概要开车去加拿大，才能把孩子接过来。"他说，"不过，接过来又能怎样？我们负担不起手术费，没钱让他们念大学。所以,他们只是从在加拿大待着变成在美国待着,依然有嘴唇的缺陷。"

"孩子们,我们对你们说过吗?"瑞安的妈妈说,"我们要加开五间店面。在三大都会区加开五间门店,每间都有喷泉。"

"太棒了,妈妈。"瑞安说。

"这真是太棒了。"勒妮说。

"如果这五间店的生意够好,接着再加开三四间,到那时候,说不定可以重新谈谈俄国兔唇婴儿的问题。"瑞安的爸爸说。

"你们两个一直都令人敬佩。"瑞安说。

勒妮抱着婴儿出去了。

"我想抱婴儿出去走走。"她说。

四

生孩子给勒妮带来不少苦难。勒妮似乎胖了一圈,性格也少了一分爽朗。此外,她显得很苍白,像被人用褪色光束照了一遍头发和脸。

婴儿确实长得像小精灵。

小精灵婴儿看着一只小鸟,指着小鸟。

"鸟。"勒妮说。

小精灵婴儿看着棒透了的游泳池。

"那是用来游泳的。"勒妮说,"你还不行,长大再说,好吗?"

小精灵婴儿望着天。

"云,"勒妮说,"云会生雨。"

婴儿好似以眼神逼问着她:快,快解释这是什么鬼东西,等我弄懂了,以后可以开几间店。

婴儿望着我。

勒妮差点把婴儿掉在地上。

"麦克,我的天啊。"她说。

她旋即似乎想起一件事,匆匆走回门廊的门边。

"瑞?"她呼唤,"瑞大人?可以帮我抱一下玛特哈特吗?"

瑞安接下婴儿。

"爱你。"我听见他说。

"更爱你。"她说。

然后她走回来,怀里没有婴儿。

"我叫他莱大人。"她说着脸红。

"我听见了。"我说。

"麦克。"她说,"那件事是不是你做的?"

"我可以进去吗?"我说。

"今天不行。"她说,"明天吧。不,星期四吧。他父母住到星期三。你星期四再来,我们到时候再说个清楚。"

"说什么?"我说。

"你能不能进门。"她说。

"这成问题吗? 我怎么不知道?"我说。

"是不是,"她说,"你做的?"

"瑞安好像还不错。"我说。

"哦,天啊。"她说,"他简直是我认识的最善良的人。"

"除了打人的时候。"我说。

"除了什么?"她说。

"妈告诉我了。"我说。

"告诉你什么?"她说,"她说瑞安会打人? 打我? 是妈说的?"

"别告诉她,我不应该告诉你。"我说。我有点心慌,和从前一样。

"妈脑筋脱线,"她说,"妈精神失常了。妈确实会说这种疯话。你知道谁会挨打吗? 是妈,被我打。"

"你为什么不写信告诉我,妈的事情?"我说。

"她的什么事情?"她的语气里带着怀疑。

"她病了?"我说。

"她告诉你的?"她说。

我握拳举到头顶。

"什么意思?"她说。

"肿瘤?"我说。

"妈才没有长肿瘤。"她说,"她心烂掉了。是谁说她有肿瘤的?"

"哈里斯。"我说。

"哦,哈里斯啊,棒透了。"她说。

屋内,婴儿开始哭。

"你走吧。"勒妮说,"我们星期四再聊。不过,首先。"

她以双手扶住我的脸,把我的头扭向窗户,窗内是瑞安,正在厨房洗手台为奶瓶加温。

"他看起来像打老婆的人吗?"她说。

"不像。"我说。

确实一点也不像。

"天啊,"我说,"这附近还有讲真话的人吗?"

"我,"她说,"和你。"

我看着她,霎时重回童年,她八岁,我十岁,我们躲在狗屋里,爸妈和托妮阿姨正在嗑蘑菇,把后院平台弄得乱七八糟。

"麦克,"她说,"我一定要知道,是不是你做的?"

我扭头挣脱她的手,转身就走。

"去看你自己的老婆吧,笨蛋!"她对着我的背后喊,"去看你自己的孩子们。"

五

妈站在前院草坪上,对着一个矮胖的男人吼叫。哈里斯在后面走动,不时捶东西或踢东西,以显示他被激怒时能变得多吓人。

"这是我儿子!"妈说,"当过兵,刚退伍回家。你竟敢对我们做这种事?"

"我很感谢你为国效命。"男人对我说。

哈里斯踢了金属垃圾桶一脚。

"能麻烦你让他住手吗?"男人说。

"我生气时,他控制不了我。"哈里斯说,"没人能控制我。"

"你以为我喜欢这样吗?"男人说,"她四个月没付房租了。"

"三个月。"妈说。

"你这样对待一个英雄的家人吗?"哈里斯说,"他去国外打仗,你却在这里虐待他母亲?"

"朋友,抱歉,我不是在虐待她。"男人说,"我必须强制驱逐她。如果她付房租还被我赶走,那才叫作虐待。"

"我还在哗哗教会上班!"妈喊道。

男人虽然矮胖,胆子却大得令人佩服。他走进屋子里,把电视机搬了出来,面带一副无所谓的表情,好像电视机是他的,而他就喜欢摆在院子里看。

"不行。"我说。

"我感谢你为国效命。"他说。

我揪住他的衬衫。这时我已练就一身好功夫,懂得揪住别人衣服的要领,瞪着对方的眼睛,面对面讲话。

"这栋房子是谁的?"我说。

"我的。"他说。

我一脚伸向他身后,踢了一下他的脚,把他扳倒在草地上。

"轻一点。"哈里斯说。

"已经很轻了。"我说,然后把电视机搬回屋里。

六

当天晚上,警长率领几个搬家工前来,清空了屋子,东西全扔在草坪上。

我看见一票人走来,急忙从后门出去。我坐在内斯顿家后面的猎鹿高台上,从高街观看全部过程。

妈在前院,双手抱头,在越堆越高的家当之间穿梭,一切显得像闹剧,也不像闹剧。我的意思是,每当妈有深刻的感受时,她会做出闹剧般的举动。照这么说,这种举动不算闹剧吧,我猜?

最近我常有种感觉,脑中的计划会直接冲向手脚。这种感觉来袭时,我只能不加思索随性所至。我的脸会发烫,有点像在催促自己:冲、冲、冲。

这种感觉对我很有帮助,多数时候是。

此刻,冲向我手脚的计划是:抓住妈,把她推进屋子,叫她乖乖坐下;把哈里斯也赶进门,叫他乖乖坐下;然后放火烧屋,或者,至少几个动作示意要放火烧屋,集中他们的注意力,逼他们像成年人一样行事。

我飞奔而下,把妈推进屋子,叫她坐在楼梯上;揪住哈里斯的上衣,一脚绊倒他,让他坐在地板上;然后点一支火柴,扔向楼梯地毯。等地毯一起火,我竖起一根手指,像在说:闭嘴。这时,我体内蹿流着过去黑暗记忆中遗留的狠劲。

他们两人害怕得完全讲不出话。我内心一阵羞愧,自知道歉也无济于事的那种羞愧,而唯一能做的只有走去外面,再多制造一点会让自己羞愧的事端。

我踩熄地毯的火,走向格利森街。乔伊和婴儿们,就和那个混账住在那条街上。

七

这简直是当头棒喝,他们的房子居然比勒妮家更豪华!

屋里很暗,车道上停着三辆车。这表示全家都在,已经上床就寝。

我站在外面,稍微思考了一阵子。

然后,我走回下城区,走进一家商店。我猜这是家商店,只不过我分辨不出他们在卖什么。黄色的柜台上,由内向外打的灯照亮商品上厚重的蓝色塑料标签。我拿起其中一个,上面印着"吾嗓至大"。

"这是什么?"我说。

"如果是我,我会问这有什么用。"孩子说。

"这有什么用?"我说。

"其实,"他说,"另一款可能比较适合你。"

他递给我一个外观完全相同的商品,标签上面写着"吾嗓极小"。

又来了一个孩子,拿着意式浓缩咖啡和饼干。

我放下"吾嗓极小",拿起"吾嗓至大"。

"多少?"我说。

"你是指钱吗?"他说。

"这能做什么?"我说。

"这个嘛,如果你问的是,这是数据库,还是信息层级域。"他说,"答案是,是以及不是。"

他们很年轻,脸上没有一丝皱纹。我说他们是孩子,其实他们的年纪和我差不多。

"我很长一段时间不在国内。"我说。

"欢迎回国。"第一个孩子说。

"你去哪里了?"第二个孩子说。

"上战场?"我尾音上扬,尽可能用最挑衅的语气说,"也许你们听说过?"

"听说过。"第一个孩子语气带着敬意,"谢谢你为国效命。"

"哪一场?"后到的孩子说,"不是有两场战争吗?"

"其中一个不是喊停了吗?"第一个孩子说。

"我表哥去了。"第二个孩子说,"去了其中一个。咦,好像是吧。我知道他本来要去的,我跟他不是很熟。"

"总之,谢了。"第一个孩子说着伸出手。我跟他握了握手。

"我原先不赞成,"第二个孩子说,"不过我知道,这不是你的问题。"

"怎么说呢,"我说,"也可以这么说。"

"你是以前不赞成,还是现在不赞成?"第一个孩子对后到的孩子说。

"都不赞成。"第二个孩子说,"咦,现在还在打吗?"

"哪一场?"第一个孩子说。

"你去过的那一场,还在打吗?"第二个孩子问我。

"对。"我说。

"更好了,还是更糟了?"第一个孩子说,"就是说,以你的看法,我们会不会打赢?哦,我这是在干吗?我根本不在乎,问这些东西太可笑了吧!"

"不管怎么样。"第二个孩子说着伸出手,我跟他握了握手。

他们很亲切,态度开放又不猜忌,对我如此支持,因此我带着微笑走出店门,过了一条街,才发现手里仍握着"吾噪至大"。我走到路灯下面,仔细看了看,这似乎只是一个塑料标签。就是说,想买"吾噪至大"的人拿这个标签去结账,到时会有人去帮你拿"吾噪至大",鬼知道到底是什么东西。

八

应门的人是那个混账。

他的名字叫埃文,我们念过同一所学校。我对他印象模糊,只记得他顶着印第安头饰,在走廊跑来跑去。

"麦克。"他说。

"我可以进去吗?"我说。

"我想,我必须拒绝你。"他说。

"我想见见孩子们。"我说。

"已经半夜了。"他说。

我很清楚他在撒谎。半夜了,商店还不打烊吗?话说回来,月亮高高挂,空气湿意重,而且飘着感伤的气息,似乎说着:唉,时间不早了。

"明天呢?"我说。

"你方便吗?"他说,"等我下班回家?"

我发现,我们形成了理性相待的默契。理性相待的一个方式是,每句话都是问句。

"六点左右吗?"我说。

"你六点方便吗?"他说。

我从来没有亲眼见过他们两个在一起,躺在他床上的老婆会不会根本不是她。

"我知道这对你不容易。"他说。

"你搞砸了我的一切。"我说。

"容我充满敬意地持相反意见。"他说。

"才怪。"我说。

"我没有搞你,她也没有过。"他说,"对三方而言,这情势都很艰难。"

"总有人会比其他人更艰难。"我说,"你该承认这一点吧?"

"我们要实话实说吗?"他说,"还是避重就轻,回避冲突?"

"讲实话。"我说。这时他的神态又令我看他顺眼了一点。

"我的日子难过,是因为我觉得烂透了。"他说,"她的日子难过,是因为她觉得烂透了。我们的日子难过,是因为一方面觉得烂透了,另一方面也有很多其他感觉,而这些感觉在过去和现在都一样真实,可以说是一种福气,如果我可以这么说的话。"

听到这里,我开始觉得自己像个傻瓜,像是被一群男人押着,好让另一个家伙过来,举着新时代的拳头,塞进我的屁股,一面还解释说,这万万不是他的第一选择,其实这让他觉得内心很矛盾。

"六点?"我说。

"六点最好不过了,"他说,"好在我上下班时间比较有弹性。"

"你不必在家。"我说。

"假如我们角色互换,你也许就会觉得我有在家的必要了?"他说。

一辆是瑞典萨博,一辆是凯迪拉克,第三辆是新款的萨博,里面有两个婴儿座椅,以及一只我不熟悉的玩具小丑。

两个成年人要开三辆车,我心想。这是一个什么样的国家?我老婆和她的新老公是多么自私的一对杂种。我能预见到,过几年,我的两个婴儿会慢慢变为自私的杂种婴儿,然后变成自私的杂种幼儿、儿童、青少年、成人,我在这期间一直鬼鬼祟祟出没,像个不干不净、不清不白的叔叔。

城镇的这个区域到处是城堡。其中一栋里面有一对正在拥抱;另一栋里面有个女人,桌上摆着差不多九百万个圣诞小屋,像在清点库存似的;河对岸的城堡比较小。到了我们那个区域,都是些农舍样的房子。有一间农舍里有五个小孩,站在沙发后面一动不动,接着一同跳起来,把几条狗吓得发疯。

九

房子空了,妈和哈里斯坐在客厅地板上,一通接一通打电话,想找个地方借住。

"现在几点?"我说。

妈抬头,望向以前挂时钟的地方。

"时钟在人行道上。"她说。

我走出去,时钟被一件外套盖住。十点。埃文果然骗了我。我考虑回去,坚持见孩子,但等我走到他们家也要十一点了,"时间不早了"的理由依然成立。

警长走进门。

"不必站起来。"他对妈说。

妈站起来。

"起来。"他对我说。

我保持坐姿。

"克勒斯就是被你揍翻在地的?"警长说。

"他刚从战场回国。"妈说。

"感谢你为国效命。"警长说,"我可以请你今后尽量不要把人揍翻在地了吗?"

"他也揍翻过我。"哈里斯说。

"我这人不喜欢动不动逮捕退伍军人。"警长说,"我本身就是退伍军人。所以,如果你帮帮我的忙,不要再揍翻别人,我就能帮帮你的忙,不逮捕你。就这样说定了?"

"他本来还打算烧掉这栋房子。"妈说。

"我不建议烧掉任何东西。"警长说。

"他遭受了太多。"妈说,"你看看他就知道。"

警长从来没见过我,但以他的立场来说,如果承认没见过我,等于承认无从评估我现在的状态,等于他不够专业,有损颜面。

"他看起来很累。"警长说。

"不过,力气还挺大的。"哈里斯说,"一下把我摔翻在地。"

"你们明天住哪里?"警长说。

"有什么建议吗?"妈说。

"朋友,家人?"警长说。

"勒妮家。"我说。

"亲友都不行的话,菲里斯登街的收容所怎么样?"警长说。

"我拒绝去住勒妮家。"妈说,"她家里的所有人眼睛都长在头顶上。他们一直觉得我们低人一等。"

"呃,我们本来就是。"哈里斯说,"跟他们没得比。"

"我也拒绝去住哔哔的收容所。"妈说,"收容所有阴虱。"

"我们开始交往的时候,我就是从那间收容所传染到阴虱的。"哈里斯热心地补充说明。

"发生这种事,我也很遗憾。"警长说,"搞得天翻地覆的。"

"就是嘛。"妈说,"我在教会上班,而且儿子是英雄,有银星勋章。他拉住一个海军陆战队队员哔哔的脚,救了他的命。我们还收到嘉奖信。结果现在呢?无家可归。"

警长早已听不进去了,正等着语气停歇的空当夺门而出,回去办他的正事。

"去找个地方住吧,各位。"他边走边说,诚恳建议。

哈里斯和我合力拖了两个床垫进来,床单和棉被全在,可惜他们的床垫一侧沾上了草渍,枕头有泥巴的臭味。

接着,我们在空旷的房子里度过了漫长的一夜。

十

上午,妈打电话给几个她刚生孩子时认识的女士,可惜其中一个腰椎间盘突出,另一个得了癌症,第三个生的双胞胎刚被诊断出躁郁症。

在日光照耀下,哈里斯的胆子又大起来。

"说到军事法庭,"他说,"那是你做过的事情里面最坏的一件吗?还是说,还有更坏的事,只是没被揪出来?"

"已经判了无罪啦。"妈说得简明扼要。

"哼,我那个擅闯私人住宅的案子,不也被判了无罪?"哈里斯说。

"不管怎么说,关你什么事?"妈说。

"他说不定想讲出来。"哈里斯说,"心情会舒坦一点,对心灵有好处。"

"看看他的脸,哈尔。"妈说。

哈里斯看着我的脸。

"对不起,我不应该提。"他说。

后来,警长又上门。他命令我和哈里斯把床垫拖出去。站在门廊上,我们看着警长在门上扣上大锁。

"十八年来,你是我甜蜜的家园。"妈说。大概是电影里美国原住民的台词。

"你应该叫一辆面包车过来。"警长说。

"我儿子为国家上战场,"妈说,"我却落得这种下场。"

"我昨天来过,今天还是我。"不知为何,警长双手贴在脸颊上说,"记得我吗?你昨天说过了。我昨天已经感谢过他为国效命。叫辆车来,否则你的烂东西全都要扔进垃圾箱。"

"竟然对一个在教堂上班的女士做出这种事。"妈说。

妈和哈里斯在家当里东挑西拣,找到一只行李箱,在里面装满衣物。

然后,我们开车去勒妮家。

我感觉好戏快上演了。

十一

只不过,对,也不对。那只是我的感觉之一。

另一个感觉是:唉,妈,我记得你扎两条辫子的青春模样,现在我宁死也不肯看你被人践踏。

另一个感觉是:你这个疯婆子,昨天晚上竟敢掀我的底、出卖我?一切到底是为了什么?

另一个感觉是:妈,妈妈,让我跪在你脚边,诉说我在阿尔-拉兹战场,我和史麦尔顿及里基·G做过的事。你听了,摸摸我的头,告诉我说,换成任何人,都会做同样的事情。

车子驶过罗尔克里克桥时,我看得出妈在想什么:让勒妮拒绝收留我吧,看哔哔的老娘敢不敢把那个哔哔砍得哔哔哔哔。

但是,车一过桥,被溪水吹凉的风变回一般温度的风,她的表情又变成：上帝啊，如果勒妮敢在瑞安的父母面前拒绝收留我，如果瑞安的父母敢再把我当成垃圾看待，我不如死了，当场死掉。

十二

勒妮果然在瑞安的父母面前拒绝收留她，他们果然把她当垃圾看待。

但她没死。

我们一进门，他们一家子的表情简直太绝了。

勒妮满脸震惊。瑞安满脸震惊。瑞安的爸妈拼命不让自己显得震惊，结果到处撞翻东西。瑞安的爸爸想显得快活/好客，上前招呼时身手太鲁莽，撞倒一个花瓶。瑞安的妈妈撞掉一幅画，穿着红毛衣的她连忙双手交叉接住、捧着。

"这是我的宝宝吗？"我说。

妈又跟我造反。

"不然呢？"她说，"哑巴侏儒吗？"

"这是玛特尼，对。"勒妮边说边作势要我抱婴儿。

瑞安清了清嗓门，瞪了勒妮一眼，像在说，亲爱的小蛋糕，我们不是说好了吗？

勒妮改变了婴儿的方向，已伸出的双手顺势急转向上，仿佛如果举得够高,就能否定给我抱的必要。婴儿跟天花板的灯靠得那么近。

这很伤人。

"妈的。"我说,"你以为我想干什么?"

"在我们家,请不要说脏话。"瑞安说。

"请不要告诉我儿子不该说什么哔哔的哔哔话。"妈说,"他上过战场。"

"感谢你为国效命。"瑞安的爸爸说。

"没关系,我们可以去住酒店。"瑞安的妈妈说。

"不准你们去住酒店,妈妈。"瑞安说,"他们可以去住酒店。"

"我们才不去酒店。"妈说。

"没关系,你们可以去酒店,母亲大人。你最喜欢高级酒店了。"勒妮说,"尤其是在我们掏腰包的时候。"

连哈里斯也在紧张。

"酒店听起来不错啊。"他说,"许久不曾投宿像酒店这样美好的地方了。"

"你哥是刚从战场回国的银星勋章英雄,你的生母在教会上班,你竟然叫他们去住什么烂酒店?"妈说。

"对。"勒妮说。

"至少让我抱抱婴儿吧。"我说。

"有我在,休想。"瑞安说。

"简和我希望你明白,我们过去和现在都一直支持你的使命。"瑞安的爸爸说。

"你们在那边盖了好多学校,很多人不知道。"瑞安的妈妈说。

"大家常常把焦点放在负面新闻上。"瑞安的爸爸说。

"不是有句俗语吗,"瑞安的妈妈说,"欲造什么什么的,必先毁掉一大堆什么什么的?"

"我认为他可以抱抱婴儿。"勒妮说,"大家都站在这里看着,没关系吧。"

瑞安蹙眉摇头。婴儿蠕动着,好像也相信自己的命运即将被裁决。

这么多人以为我会伤害这个婴儿,让我不禁想象伤害这个婴儿的景象。只是大脑想象一下,就代表我真的会动手伤害这个婴儿吗?我到底想不想伤害这个婴儿呢?天啊,才不想。但我现在无意伤害这个婴儿,是不是表示,我在迫不得已的状况下,也不会伤害这个婴儿?在不久前,我是否有过以下的经历:原本无意做事情A,后来却突然发现自己正在做事情A?

"我不想抱婴儿。"我说。

"感激。"瑞安说,"你有雅量。"

"我想抱的是这只水罐。"我说着拿起一个带把手的水罐,当成婴儿,高高举起,里面的柠檬水溢了出来,在硬木地板上形成好大一摊水,然后我砸碎了水罐。

"你们伤透了我的心!"我说。

说完,我走出门,走到人行道上,快步离开。

十三

然后,我回到那间商店。

店员换了人,这两个比较年轻,有可能还在念高中。我把"吾嗓至大"的标签交还给他们。

"哇哦,就是它!"其中一个家伙说,"我们还在想它去哪儿了。"

"我们本来都准备报警了。"另一个家伙说,拿来了意式浓缩咖啡和饼干。

"这个很值钱吗?"我说。

"哈,哦,天啊。"其中一个说,然后他从柜台下取出某种特制的布,擦一擦标签,放回橱窗里。

"这是什么东西?"我说。

"要是我问,我会问它是做什么用的。"先来的小伙子说。

"这是做什么用的?"我说。

"这一个可能比较适合你。"他说着,递给我"吾嗓极小"。

"我好一阵子没在国内了。"我说。

"我们也是。"第二个小伙子说。

"我们刚从陆军退伍。"第一个小伙子说。

接着,大家轮流说出自己的驻地。

没想到,我和第一个小伙子的驻地基本算是在同一个地方。

"咦,所以说,你在阿尔-拉兹待过?"我说。

"就在阿尔-拉兹。"第一个小伙子说。

"我从没淌过那滩浑水……我承认。"第二个小伙子说,"不过,我有次开着铲车,压到过一条狗。"

我问第一个小伙子是否记得那只小羊羔、那堵弹痕累累的墙壁、那个爱哭的小娃儿、那座阴暗的拱门,以及从灰漆斑驳的屋檐轰然飞出来的那群鸽子。

"我没去过那边,"他说,"我的驻地比较靠近河边,那艘被打翻的小船、那个全家一身红的小家庭,不管往哪里看,老是看见他们冒出来。"

我确实知道他待的地方是哪里。在鸽群轰然飞散之前和之后,我的确见过红衣人,次数多到数不清。在地平线上、在河边,总有红衣人在恳求、在弯腰、在逃窜。

"幸好后来那条狗没事,"第二个小伙子说,"它活下来了。在我离开之前,它已经能坐进铲车,坐在我旁边了。"

一家子印度裔美国人走了进来,一共九个人。第二个小伙子端着意式浓缩咖啡和饼干走了过去。

"阿尔-拉兹,哇哦。"我以试探的口吻说。

"对我来说,"第一个小伙子说,"阿尔-拉兹是整场战争最惨的一天。"

"对,我也觉得是,没错。"我说。

"我在阿尔-拉兹搞出了一个大状况。"他说。

我忽然觉得无法呼吸。

"我的弟兄梅文,"他说,"胯下被碎片打个正着,因为我。因为我拖了太久才去通报。事情发生之前,附近转角的商店里面有大概十五个小妞,正在庆祝什么,里面也有小孩。所以我拖了太久。苦了梅文啊,遭殃的是他的胯下。"

现在,他等我告诉他,我搞出了什么大状况。

我放下"吾嗓极小",拿起来,又放下。

"还好,梅文后来没事。"他说,然后以两指点一点自己的胯下,"回家了,正在念研究生,据说又能干了。"

"为他高兴。"我说,"搞不好,他哪天甚至又能坐进你的铲车,坐在你旁边。"

"什么?"他说。

我看着墙上的时钟,似乎看不见指针,只有黄黄白白的色块在移动。

"你知道现在几点吗?"我说。

他抬头望时钟。

"六点。"他说。

十四

走在街上,我找到公用电话,打给勒妮。

"对不起。"我说,"摔碎那个水罐。"

"哦,嗯。"她以不够高尚的语调说,"买一个还我就好。"

我听得出她想和好的心意。

"不,"我说,"别想叫我还。"

"你在哪里,麦克?"她说。

"哪里也不在。"我说。

"你要去哪里?"她说。

"回家。"我说完挂了电话。

十五

我走到格利森街,走着走着,那种感觉又来了。手脚不太清楚自己想做什么事,却依然径直向前:推开挡路的人/物件,走进大门,见东西就摔,砸个稀烂,想到什么就骂什么,看看会有什么结果。

我像坐在一个名叫"羞耻"的滑滑梯上。懂我的意思吗?中学时有一次,有人付钱找我去清理池塘,他叫我用耙子将黏稠的脏东西勾出来,甩到池边。我工作到一半,耙头竟然脱落,掉在池边那堆脏东西上。我走过去捡耙头,发现那堆东西上有数不清的蝌蚪,有的死了,有的半死不活。我不懂它们发育到什么阶段,只知道每只都有圆滚滚的大肚皮,像孕妇一样。死透了的蝌蚪和半死不活的蝌蚪的相同点是:突然被脏东西重重砸中的时候,它们柔软的白肚皮全都会爆开。不同的是:只有半死的蝌蚪会癫狂、恐惧地垂死挣扎。

我想抢救出一些蝌蚪,可惜蝌蚪的身体太脆弱,被我这么一抓,反而受到更严重的折磨。

也许有的人会找那个雇我来做这个工作的人说:"嗯,我做不下去了,害死那么多蝌蚪,我感到很难过。"但是我不会,所以我继续一耙一甩。

每一耙每一甩,我心里都想着,越来越多蝌蚪被我开肠破肚了。

而我却继续工作,令我开始对青蛙感到一肚子火。

感觉如下：（A）我是个差劲的人，明知这是坏事，却反复做个没完；（B）严格说来，这不是什么坏事，只是稀松平常的行为，而正是为了证实这种行为稀松平常，我才继续一做再做。

几年后，在阿尔-拉兹，类似的感觉浮上心头。

我来到房子外面。

在这栋房子里，他们煮饭、欢笑、做爱。在这栋房子里，将来如果有人提起我的名字，所有人都会噤声，乔伊会说："虽然埃文不是你们的亲生父亲，我和埃文爸爸都认为，你们不必常常跟在麦克爸爸身边，因为我和埃文爸爸真正关心的是你们两个能健健康康长大，身体强壮。为了创造这样的成长环境，有时候妈妈和爸爸需要多费一些苦心。"

我去看车道上是否有三辆车。三辆车意味着：全家都在。我希望他们全都在家吗？希望。我希望全家都在，甚至包括两个婴儿在内，希望他们见证、参与这件事，并对我的遭遇表示遗憾。

结果，我看见的不是三辆车，而是五辆。

埃文在门廊上，不出我所料。门廊上有乔伊、两台婴儿车。妈也在。

哈里斯也在。

瑞安也在。

勒妮踏上车道,跌跌撞撞,背后跟着瑞安的妈妈,拿着手帕按住额头。另一个是瑞安的老爸,脚有点跛,所以殿后。我以前没注意到他的跛脚。

就你们？我暗骂。上帝派来阻止我的,就是你们这群杂家军吗？太可笑了。他妈的太扯了。你们准备怎么阻止我？凭你们的腰围吗？凭你们的善意劝解吗？凭你们穿的平价百货牛仔裤吗？像你们这种有闲有钱的人,你们相信再难的事物谈一谈就能化解,以为嘴皮动个不停,充满希望,就能解决所有问题。你们凭什么阻拦我？

即将降临的灾难,仿佛在蓝图上一寸寸向外扩张,涵盖了在场所有人。一个也别想活着走出去。

我的脸发烫,心里的念头是：冲、冲、冲。

妈坐在门廊秋千椅上,想站却站不起来,瑞安过去搀扶她,殷勤得很。

突然,我头里的某根筋软化了,也许是因为看到妈这么衰弱而心软吧。我垂下头,拖曳着脚步,温顺地走进无知的人群,心想：好、好,你们把我送走了,没关系,现在带我回家吧。想办法带我回家,否则你们会变成史上最悔恨莫及的一群混蛋。

骑士败北记

今天又是火炬之夜。

九点前后,我去外面小便。后门的树林里有一座大水塔,是我们这条人工河的水源,附近有一堆旧盔甲。

唐·默里从我身边跑过去,神色慌张。接着我听见有人在啜泣。在那堆盔甲附近,我发现帮厨玛莎躺着,村妇裙被掀到腰部。

玛莎:那人是我的老板。我的天啊,我的天啊。

我知道默里是她老板,因为默里也是我的上司。

突然间,她认出了我的脸。

特德,不要讲出去,她说。求求你。这没什么大不了的。不能让奈特知道,这会要了他的命。

说完,她一路狂奔到停车场,哭得眼圈发黑。

在四号城堡塔附近,一张粗制滥造的餐桌上摆满丰盛的餐饮:传统猪头、整鸡、血肠。

默里站在桌前,若有所思地用叉子戳着生菜色拉。

他对我摇一摇头,态度前所未有的友善。

女人啊,他说。

隔天早上,我在置物柜的门上看到一张纸条,写着:来见我。

玛莎在默里的办公室里。

特德啊,默里说,昨晚你目击到一件事。那件事,如果戴上有色的眼镜去看,可能会感觉不太对。玛莎和我都觉得很可笑。是不是啊,玛莎?我刚给了玛莎一千美金,以免双方误会。现在玛莎觉得,昨晚只是一时放纵。由于双方都是已婚,所以事后都非常后悔。昨晚喝了几杯,再加上火炬之夜的气氛太浪漫,结果发生了什么,玛莎?

玛莎:我们把持不住,放纵了一下。

默里:你情我愿的放纵。

玛莎:你情我愿的放纵。

默里:不只这样而已,特德,玛莎升职了。从帮厨升职为流浪者。不过,在此强调一点:你不是因为你情我愿的放纵而升职的,玛莎,一切纯属巧合。你为什么升职了?

玛莎:纯属巧合。

默里:纯属巧合,而且她敬业的态度始终令人敬佩。特德,你也升职了。从门卫升职为巡视卫兵。

太棒了,我已经当了六年的门卫。我和MQ常用"大材小用"这句话来互相揶揄对方。

埃琳会打来电话说:MQ,忧伤树林里面有人吐了。

MQ会回应:大材小用,派我去?

或者埃琳会说:特德,有位小姐的项链掉进了猪圈,急得快疯了。

我会回应:大材小用,派我去?

埃琳会说:快去。别开玩笑,她快把我烦死了。

我们的猪是人造的,馊水是人造的,猪粪是人造的。尽管如此,进猪圈一点也不好玩,更不要说穿上涉水长筒靴,拖着"特选劲滤机",帮小姐找项链之类的。想让"特选劲滤机"发挥最大效能,必须先把假猪拉到一旁。由于电动猪设定为"自动",被拉走的时候会继续"哼哼"叫。如果拉猪的动作不对,姿势看起来可能会很可笑。

路人甲可能会说:喂,快看,那男人正在给猪喂奶。

可能会引起哄堂大笑。

因此,升职为巡视卫兵是我求之不得的好事。

目前,我是全家唯一有工作的人。妈妈病了,贝丝个性太内向,爸爸最近很不幸地在修车时被车压到脊椎而受伤。我们家有些窗户也等着换新。整个冬天，贝丝羞涩地拿着吸尘器到处吸雪。如果客人进来时，她正好在吸雪，她会害羞得进行不下去。

那天晚上回家，爸爸估算说，我们不久就能买一张可倾斜的床给妈妈睡。

爸爸：如果你一直步步高升，说不定不久就能为我买一副护腰。

我：没问题，包在我身上。

晚餐后，我开车进城帮妈妈拿止痛药，帮贝丝拿治疗内向的药，帮爸爸拿止痛药，路过了玛莎和奈特的家。

我按喇叭，探头招招手，靠边停，下车。

嗨，特德，奈特说。

最近好吗？我说。

唉，我们家太破了，奈特说。看看这地方，太破了，对不对？我怎么也提不起精神来。

没错，他们家确实很破，屋顶的破洞用蓝色床单布补上了。几个懦弱的孩子站在手推车里，跳进一摊泥浆。一只皮包骨的小马站在秋千下面，猛舔自己，舔到破皮，好像渴望有朝一日投奔更舒适的生活环境，过上皮毛干净的好日子。

说真的，这家的大人都跑哪里去了？奈特说。

接着,他拾起地上的一张鼻涕糖包装纸,想找地方丢掉,找不到,包装纸又从他手上坠落,粘在他的鞋子上。

简直棒透了,他说,我从小倒霉到老。

天哪,玛莎说着替他捡走。

你可别跟我一样沉沦啊,奈特说,宝贝,你是我的唯一。

我才不是,玛莎说,你还有孩子们。

再出一次差错,我就举枪自杀,奈特说。

我有点怀疑他是不是说到做到。只不过,这种事,谁说得准呢?

奈特说:你们公司出了什么事?我们家这位,最近心情超低落,可是她才刚升了职。

我可以感觉到玛莎正盯着我看,像在说:特德,我的命运掌握在你手里。

我认为这事应由她做主。在人生的路上,我不属于胜利组,根据经验,我倾向认同"没坏的东西就别去修"的理念。进一步来说就是:即使坏了也别修,因为有可能越修越糟。

因此我说:嗯,升职的压力也挺大的,有时日子反而更苦。

感激之情在玛莎的笑脸上展露无遗。她送我走回车子旁边,给了我三颗自己种的西红柿。说句老实话,西红柿看起来有点老了：瘦小、毫无生机、皱巴巴。

谢谢你，她低声说，你救了我一命。

……

隔天一早，我的置物柜里多了一套巡视卫兵的制服和一个小纸杯，杯子里有一粒黄色药丸。

可喜可贺，我心想，终于有机会扮演需要服药的角色了。

健康＆安全部的布里奇斯夫人走进来，拿来一张化学药品说明书。

布里奇斯夫人：这药是一百毫克剂量的骑士人生®，帮助你即兴演出。服用骑士人生®之后，最好多喝水。

我接过药，走向王座厅。我应该在一道门前巡视，门内是国王沉思的地方。里面确实有一位国王：埃德·菲利普斯。之所以在里面安排了一位国王，是因为我们有这样一段预设的剧情：信使来了，冲过卫兵，轰然推开门，国王训斥信使鲁莽，训斥巡视卫兵迟钝，信使缩头关门，与巡视卫兵对话两三句。

不久，游客几乎坐满了"欢乐席"。信使（本名凯尔·斯珀林）冲过我身边，轰然推开门，埃德骂他鲁莽，骂我迟钝。凯尔缩缩头，关上门。

凯尔：冒昧违反皇家礼仪，容我致歉。

我忽然忘词了,台词应该是:莽撞意味着莽汉之热忱。

结果我说:呃,没关系。

凯尔是专业好手,丝毫没有慌乱。

凯尔(把信封递给我):此事至为紧急,请务必呈递陛下亲启。

我:陛下此刻心事重重。

凯尔:日理万机而心事重重?

我:日理万机而心事重重。

就在这个当儿,骑士人生®发挥药效了。我口干舌燥。凯尔没当众指责我,令我心存感激。我这才意识到:我真的喜欢凯尔,甚至可以说爱他,情同手足,情同同志。感觉就像我俩一同挺过了无数难关,比方说,我俩似乎曾赴天涯海角,一起瑟缩在城堡墙脚,滚烫的焦油倾泻而下,而两人只是相视黯然一笑,仿佛说着:苦难稍纵即逝,且让我俩苟且偷生。随后:吼!进攻!攀梯抢进,豪情咒骂,但我记不得咒骂的内容,也对进攻的结果毫无印象。

未久,凯尔离去,我欣然娱乐游客,善用机智与利齿,暗喜人生之路苦尽甘来,终能散布欢乐于苍生。

旋即,恩主默里前来,为今日之喜乐大大锦上添花。

默里挤眉愉悦,曰:特德,你不如抽空跟我去度个假吧?

一起到外地去钓钓鱼,或是露营之类的?

度假之言令我心雀跃。三生有幸,始修得与此贵绅渔猎野营之缘!得以悠游原野与蓊郁林间!入夜得以憩息于幽舍,旁有溪涧潺潺流,骏马低吟,伴吾人轻声论理万千,探讨荣誉感、情义、危难、尽忠职守之奥秘!

奈何,造化弄人。

此时玛莎登场,扮相为幽魂,正名乃幽魂三号,另有两白衣女相随(梅根与蒂芬妮)。三女仆装神弄鬼寻开心,大闹皇宫,摇摇锁链,鬼哭狼嚎,欢乐席之游客身受红索桎梏,无以动弹,惊呼嘶叫之声不绝于耳。

玛莎固然面有悦色,却略带哀愁往事之情(而我确知何等往事)。见此景,近日喜事连连的我也略为黯然神伤。

玛莎留意到我神色霎变,对我脱稿私语。

玛莎:没事了,特德。我已经不放在心上了。真的,我讲的是真心话,别再提了。

哦,美德崇高如山之女子,心蓄苦水,竟肯屈身对我坦率诉衷曲,承诺将耻辱幽禁于心湖深处。

玛莎:特德,你还好吧?

对此我回应:诚然我近日未尽安康,心思涣散无常,然当前已复原,疏于关照淑女之处,容我在此致上万分歉意。

玛莎：别乱来，特德。

此时，默里上前，一手按在我胸前，制止了我。

特德，我对天发誓，他云。不要再说了，否则别怪我把你扔进马桶冲走。

诚然，吾心自谏云：我必致力扼制冲动，以免贸然躁进，勿将好运化为厄运。

苦哉，人之心难测，亦不易驯服。

目视默里之同时，万念丛集我心，簇聚成雷雨云。活人倘若不追求正义并仗义执言，岂不辜负上帝之恩典，岂不是浪掷生命？恶人逍遥法外，岂是乐事一桩？弱者无所恃，注定在人间一生一世受欺压？思至此处，真挚豪情逐渐充实我心，基于绅士不藏私之原则，我阔步进堂中，面对齐聚一堂之嘉宾，高声宣诵肺腑之诚言：

> 默里耻轻薄玛莎，违反其意志，于火炬之夜，强将男根置入女阴；
>
> 尤有甚者，此无耻之徒多番以利益强求缄默，玛莎现职便为一例。
>
> 再者，该徒亦以相同手段换取我之缄默，但我不愿再沉默，因我同为男子汉，愿不计代价争取正义。

我转向玛莎,倾首示意,欲求其证实上述言论之真伪,无奈该女不愿证实,仅凝视地面,含愧奔离。

默里唤来警卫,借此良机教训我,对我头身拳打脚踢,强行押我离去,推至街头,踢土溅我身,并撕碎我的工时卡,任风吹散,同时百般冷嘲热讽,对我的羽毛帽更不留情,帽上其中一羽惨遭扭折。

我独坐街头,血淋淋,浑身瘀伤,最后鼓起仅存之尊严,回家寻求慰藉与温情。身无分文,甚而不足购买公交车票(背包遗留于那龌龊地),遂举足行走四刻钟,直至夕阳西垂。回家途中,步步伤心自省,碍于个人失策,竟将家人推进万丈深渊,让早已贫苦无颜面之家人加倍难堪。

今后,父亲之护腰无着落,母亲亦无可倾斜床铺,日后必备之各种药剂更无以筹钱添购。

未久,我发现自己置身中央大道上,附近有"温迪汉堡店",一间倒闭的"澳美客牛排馆"。药效渐消,情绪剧降,心知一旦仙药褪尽,我将驻足于我家画面不稳的电视机前,极力以我仅有的低阶词汇解释,冬雪将至(甚而如我前述,雪入吾宅),情况已难逆转:我被开除了,耻辱遭到开除!

此时,玛莎致电我手机,严词痛斥我的愚行,声声难掩椎心之痛,对我可谓致命一击,令我心如刀剐。她说:真是谢谢你啊,特德,你太糊涂了,难道你不知道,我们住的这个镇小得不能再小了吗?我的天啊,我的天啊!

言语至此,她开始号啕痛哭。

所言不假。风言风语确实在本镇恣意飘散,不久将飘进可怜的蠢货奈特之耳。奈特得知发妻惨遭蹂躏,难忍之余必定心神彻底崩解。

唉,完蛋了。

今天真倒霉。

抄捷径,我穿越高中体育场,路见练习美式足球所用假人数具,身影近似深谙"沉默是金"之活人,宛如对着我嘲讽。我试图安慰自己,据实以告为正道,勇气可嘉,但我感受不到安慰。感觉好奇怪,我是怎么回事?为什么做那种事?我觉得自己是个彻头彻尾的蠢蛋,为何不能见好就收,乖乖走较为温和的路线?我铸下大错了,真的。从另一角度观之,恶魔难道不曾视情势采取稳健手段?为何不能袖手旁观,静候默里遭天谴的一天到来?但话说回来,我何德何能?我能呼风唤雨吗?

可恶。

可恶啊。

该死。

这口怨气日后将永难消化。

现在,我几乎恢复原有的理智了。相信我,做自己并不是一件轻松的事。

咦,最后一点点药好像刚刚被吸收了,产生最后一股回归旧我的药效,短暂而强大。刚才凭这股药效,我趾高气扬,自信满腔,因而误入歧途。

我拖着身子走上河岸,稍事逗留,见夕阳触水,为河与水中之物遍洒金光,在万物归于寂静之前投射万丈光辉。

十二月十日

肤色苍白的男孩顶着难看的瓦里安特王子发型,举止似幼兽,拖着笨重的身体走进湿衣物间,从衣柜征收了父亲的白大衣,又征收了那双被他喷上白漆的皮靴。家人不准他把气枪漆成白色,因为那是姑妈克洛艾送的礼物。每次她来做客,总要求他把枪拿出来,好让她对木头的花纹大惊小怪一番。

今天的课题:走向池塘,确认河狸水坝。他很可能会被扣押,被那些生活在古老岩壁里的物种。它们的身形矮小,但一走出岩壁立刻变大,而且会追人。这只是它们的伎俩。他的沉着常令它们自乱阵脚。他知道,而且自我陶醉。他会转身举枪,沉声说:你们懂不懂这种人类工具的作用?

砰!

它们是"低界国"的居民,简称"低民"。它们跟他有一种吊诡的交情。有时候,他会成天为它们疗伤。偶尔,他想开开玩笑,会在其中一只逃走时,开枪射它的屁股。被射中的低民从此终生瘸腿,有的能就这样再活九百万年。

中弹的低民安稳地躲进岩壁,会对同伴们说:伙计们,看看我的屁股。

同伴们会聚集过来看戈兹蒙的屁股,彼此交换郁闷的眼神:戈兹蒙今后确将瘸腿长达九百万年,呜呼可叹。

因为,没错:低民怪腔怪调,确实像《欢乐满人间》里的那个男人。

自然而然引发的疑云是:它们最初是从地球的哪里蹦出来的?

他很狡猾,低民们关不住他。即使抓到他,也无法把他拉到岩壁里。低民们会把他绑在外面,然后钻进岩缝,去烹调它们特制的缩身灵药,他趁这空当,"啪"的一声,挣脱绳索。低民们绑人用的绳索古旧,他只要施展自我研发的功夫,伸出所向披靡的前臂,就能迎刃而解。脱身之后,他会在低民们的门口堵上一块固若金汤的、令人窒息的岩石,让它们出不来。

事后,他想到低民们在岩壁里垂死挣扎,越想越不忍心,于是又回去搬开石头。

其中一只可能会从里面说:仁兄,多谢了,你确实是个可敬的对手。

有时候,它们会反过来折腾他,逼他躺在地上仰望奔驰的云朵,在他能忍受的范围内对他施加酷刑。它们通常会饶过他的牙齿。走运了,因为他连洗牙都怕。它们对酷刑一窍不通。它们从不对他的鸡鸡乱来,也不会对他的指甲动歪脑筋。他会乖乖躺着,摇着手脚在雪地上画出雪天使,把它们气得七窍生烟。有时候,它们会祭出绝招,以为这招能让他早死早超生,却不知他在学校已听笨蛋们嘲笑过他几百遍了。低民们会这样子侮辱他:哇,我们从来不知道还有男生叫罗宾的!然后,用低民的那种特有的笑声"咯咯"笑着。

今天,罗宾有预感,认为低民可能会绑架苏珊·布莱索。罗宾是在晨会教室认识她的。她是新来的,老家在蒙特利尔。他就是喜欢苏珊讲话的样子。原来,低民们也喜欢她这种调调,所以脑筋动到她头上,想抓她过来繁殖下一代,以补充越来越少的人口,也想叫她烘焙一些低民们不会做的糕点。

报告 NASA,着装就绪。说着,他别扭地转身出门。

了解,已确定你的方位。请谨慎出任务,罗宾。

哇,冻死人了。

小鸭温度计指着零下十二摄氏度,这还没把风寒指数计算在内。这才好玩,这才是玩真的。一辆绿色日产车停在普尔街通向足球场的路口。希望车主不是什么变态狂,不然他可要先跟这人斗智。

车主也可能是假冒人类外观的低民。

日光好耀眼,天蓝,冷。他横越足球场,踩得雪地嘎吱响。为什么冷到这种程度会让跑步的人头痛？可能是"疾风加速度"的关系吧。

深入树林的小路宽度相当于一个人类的宽度。这么看来,这个低民确实绑走了苏珊。可恶,低民和它的党羽！足迹只有一组,由此分析,低民可能是背着苏珊走的。可鄙的小人,最好别趁机对苏珊上下其手。果真碰到魔爪,苏珊无疑会怒火难扼,抵死不从。

令人忧心啊,令人万分忧心。

追上绑匪和肉票时,罗宾会说：苏珊,我知道你不知道我叫什么名字,因为那次你要我挪个位子给你坐,把我喊成了"罗杰",不过没关系,我承认,我觉得我们有些缘分。你也有同感吗？

苏珊有着一对最令人惊艳的褐色瞳孔,现在眼眶湿润,被突如其来的意外吓得不知所措。

不要再跟她讲话了,兄弟,低民说。

谁管你,罗宾说,苏珊,即使你不认为我们有缘,请你放心,我还是会杀了这家伙,护送你回家。你家住哪里？我忘了。在埃尔西洛镇吗？旁边有一座水塔,对吗？那后面的几栋房子挺不错的。

对，苏珊说，我们家还有一个游泳池。今年夏天一到，你应该来我家，你想穿着衣服游泳也没关系。另外呢，对，我们是有些缘分的。你是全班最有洞察力的男生，即使算上我在蒙特利尔认识的男生在内，我想说：没人比得上你。

哇，很高兴你这么说，罗宾说，谢谢你的赞美。我知道我不是最瘦的一个。

我们女生嘛，苏珊说，比较看重内在美。

你们两个不要再啰唆了，行不行？低民说，你们的死期到了，死期到了。

嗯，某人的死期确实是到了，罗宾说。

最丧气的问题是，罗宾告诉自己，你永远也救不了谁的命。去年夏天，罗宾在外面发现一只垂死的浣熊，本来考虑把它拖回家，叫妈妈打电话找兽医。可是他走近一看，太恐怖了，现实中的浣熊比动画片里的大太多了，而且这只好像会咬人。所以罗宾跑回家，想弄点水来喂它喝。等他回到浣熊身边时，浣熊看样子已经经历了死前最后的挣扎。好伤心，他无法处理伤心。那天在树林里，啜泣的前奏或许曾在他心中响起。

这表示你的心地善良，苏珊说。

好吧，我不知道啦，他谦虚地回答。

他路过一个卡车的废轮胎。高中生们常来这里举办派对。轮胎里面有三个啤酒罐、一床被揉成一团的毛毯,全都被雪覆盖了。

低民刚才带着苏珊经过了这地方,曾消遣她说:你八成喜欢参加派对吧。

不喜欢,苏珊说,我喜欢游戏,喜欢抱抱。

哦天啊,低民说,真无聊。

世上总有喜欢游戏和抱抱的男生,苏珊说。

罗宾这时走出树林,来到他见过的最美的风景前。池塘结冰,变成纯白色,令他联想到瑞士。他总有一天会知道瑞士长什么样,等以后瑞士人替他办个游行之类的。

在这里,低民的足迹离开了小路,仿佛它曾望着池塘出神深思片刻。也许这只低民没那么坏,也许这只低民背着不断挣扎的苏珊,走到这里,忽然良心发现,再也走不动了。至少这只低民似乎有点喜爱大自然。

接着,足迹又回到了小路上,绕着池边走,沿雷克索丘而上。

咦,这个奇怪的东西是什么?一件大衣?丢在长椅上?丢在这张低民用来杀害人类当献祭品的长椅上?

大衣表面没有积雪,摸摸里面,仍有一丝温度。

由此推断，低民最近才弃置了这件大衣。此事悬疑难解啊。罗宾碰到过匪夷所思的难题吗？有啊，怎么没有。有一次，脚踏车的握把吊着一件胸罩，被罗宾发现。还有一次，他在"弗雷斯诺餐厅"后面发现一整盘没吃过的牛排套餐，虽然看起来香喷喷的，他硬是忍住了，没拿起来吃。

此事有蹊跷。

接着他瞧见，有个人正在爬雷克索丘，爬到一半了。

是个没有穿大衣的秃头男人，超级瘦，好像只穿了睡衣裤。他举步维艰地慢慢爬坡，耐着乌龟般的慢性子，苍白裸露的手臂从睡衣钻出来，像两根枯枝，也像插在坟墓上的树枝。

天气这么冷，什么样的人会扔下大衣不穿？神经病才会吧？一定是。那个人看起来有点像神经病，像纳粹集中营的战俘，像个可悲的糊涂老爷爷。

爸爸曾说过：小罗，信任你自己的头脑。你如果见到一团东西，闻起来像大便，不过上面写着"生日快乐"，而且插着蜡烛，你认为那是什么东西？

上面有糖霜吗？他反问。

爸爸眯着眼睛，表示离正确答案还有一段距离。

大脑这时对他传送的讯息是什么？

这事不太对劲。人需要穿大衣，即使这人是成年人也一样。池塘结冰了,小鸭温度计指着零下十二摄氏度。如果这人是神经病,他更有理由去救他。耶稣不是说过吗,路见无法自救、太神经、太糊涂或有身心障碍者而伸出援手,这样的人有福了。

罗宾抓起长椅上的大衣。

这是一场救援行动。终于有机会真的去救人了,差不多算是。

十分钟之前,唐·埃贝尔走到池塘边,停下来喘喘气。

好累啊,真辛苦,岁月不饶人。以前他常牵着"大脚怪"来这里散步,一口气可以绕池塘六圈,再跑步上坡,摸到山顶的巨岩,然后再冲下山。

该走了,有人在埃贝尔的脑子里说。一整个上午,有两人不停在他脑壳里讨论事情。

是啊,如果你还有心上去摸巨岩的话,另一人说。

不好吧,我们觉得有点逞强。

其中一个听起来像是老爸,另一个像是奇普·弗拉芒。

两个搞外遇的蠢男人,这两个男人玩换妻游戏,然后把换到手的妻子双双甩掉,携手飞去加利福尼亚。他们是同志吗,还是说只是有换妻癖?他们是有换妻癖的同志吗?很久以前,他脑里的老爸和奇普已认罪,三人达成协议:他原谅他们可能是换妻癖同志;原谅他们抛下他,让他自己去参加儿童木箱车大赛;留下他和妈妈相依为命。他们则同意适时给他一些男子汉的高见。

他讨好心切。

这是老爸说的,老爸似乎有点站在他这边。

讨好?奇普说,我可不会这样说。

一只北美红雀掠过晴空。

好奇妙,真的好奇妙。埃贝尔还年轻,埃贝尔才五十三岁。他可从没有对全国观众发表过人间温情论。不如乘坐独木舟漂流密西西比河?不如和那两个嬉皮士姑娘去溪畔林荫的 A 形小屋同居?1968 年,他在奥沙克山的那家纪念品店遇到了两个嬉皮士姑娘,艾伦当时戴着古怪的飞行员眼镜,买了一包化石送他。其中一个嬉皮士姑娘告诉他:他,埃贝尔长大以后会帅成万人迷。到时候他愿不愿意打电话找她呢?说完,两个黄褐色头发的嬉皮士姑娘交头接耳一阵,嘻嘻笑谈他能帅成什么模样。但那之后从没……

最后也一直没……

瓦尔修女曾说,为何不立志成为下一个肯尼迪总统呢?因此他去竞选了班长。艾伦送他一顶塑料草帽,和他一起坐下,拿着马克笔在帽带上写:**与埃贝尔携手胜选!** 后面写着:**随缘最美!** 艾伦还帮他录制了一卷竞选卡带,去外面拷贝了三十卷回来,叫他"带去散发"。

"你的政见不错,"艾伦说,"而且你的口才好得不得了。你会成功的。"

他果然成功了。他胜选了!艾伦为他办了一小场庆祝会,一个比萨饼派对。所有同学都来了。

唉,艾伦。

全世界最亲切的男人,曾带他去游泳,曾带他去上西洋剪纸装饰课。有次他被传染,头上长了虱子,为他耐心梳头的人是艾伦。艾伦从来不曾对他大呼小叫。

他病倒之后才变了一个"羊"、样。可恶。讲话越来越,古怪,他讲话越来越词不达意。

达意。

艾伦病倒后,脾气变坏,讲了很多不应该说的话。对妈妈,对埃贝尔,对送水的送货员。本来艾伦是个害羞的人,总是拍拍对方的背让对方放心,后来却被病魔折腾成一个蜡白的躯壳,叫骂着:**婊子**!

他讲话带有美国东北岸的怪腔,所以听起来像是:"标子"!

第一次艾伦大骂"标子"！埃贝尔和老妈大眼瞪小眼，不知艾伦在骂谁，气氛滑稽，都讲不出话。但后来艾伦又骂了一遍，以示澄清："标子们"！

显然他是骂他们两个人，这让他们都松了一口气。

他们笑成一团。

哇，在这里站多久了？白白"浪飞"日光。

浪费日光。

讲句老实话，我本来也不晓得怎么办才好。但他好像轻松应对了。

自己一肩扛下来。

他本来就是这种个性。

就是说嘛。

脑海里对话的人变成了成了乔迪和汤姆。

嘿，孩子们。

今天是个大日子。

好吧，但是如果有机会好好道个别，应该更理想吧。

可是，那要付出什么样的代价呢？

正是如此。看……他明白的。

他是父亲，知道父亲该做什么事。

减轻亲人的负担。

他不希望他爱的人看到自己临终受苦的惨状,留在他们的脑海中,一生难以磨灭。

患病不久后,艾伦变成了**那个**。任何人若想回避**那个**,并不会遭人指责。有时,埃贝尔会和妈妈躲在厨房里,以免被**那个**的怒火波及。即使是**那个**也能思考。家人端一杯水进来,放下杯子,以非常客气的口吻问:艾伦,还要什么吗?这时看得出**那个**在思考:这些年来,我不曾亏待你们,现在我只是**那个**了吗?有时,温柔的艾伦会躲在**那个**里面,以眼神传达着:好了,走吧,求你赶快走,我尽了好大的力气,才不至于骂你"标子"!

瘦如竹竿,肋骨暴凸。

导尿管绑在老二上。

屎味幽幽飘散。

你不是艾伦,艾伦不是你。

于是,莫莉说道。

至于斯皮维医生,他不好说什么,不肯说。他忙着在便利贴上画雏菊,久久之后才开口说:嗯,要我实话实说吗?好,这种东西继续成长下去,往往会做出怪举动,但未必是吓人的怪举动。我以前有个病人,他天天只喊着"他雪碧要喝"。

埃贝尔听了心想:亲爱的医师/救星/生命线,你刚刚真的说了"他雪碧要喝"吗?

人就是这样突然被摧毁的。你想着：我有一天大概也会喊出"我雪碧要喝"。转眼间,你变成了**那个**,大骂"**标子!**",在你的床上拉屎,还乱打那些手忙脚乱过来清理的人。

不,先生。

打死也不要。

星期三,他又摔下了病床。躺在一片漆黑的房间的地板上,他领悟到一个道理：我可以让他们解脱。

是让我们解脱,还是让你自己解脱？

站我身后吧。

站我身后吧,亲爱的。

一阵微风从上方吹来一长条排成直线的雪花。好美,我们为何被造成这样,为何能在日常中发现这么多美好？

他脱掉大衣。

天啊,好冷。

摘掉帽子,剥掉手套,把帽子和手套塞进大衣的袖子,把大衣留在长椅上。

这样他们就能发现。他们找到车子,沿着小路走过来,就会发现大衣。

他能走这么远,算是奇迹一桩,也不算是吧。他的身体一向健壮。有一次,他拖着一只受伤的脚,还能跑完半程马拉松;刚动过结扎手术,他照样去整理车库,没有任何问题。

今天稍早时候,他躺在病床上,等莫莉去药房拿药。最难熬的莫过于此——以平常的语调说再见。

他的心思飘向了她,他以祈祷来集中注意力:让我达成这个心愿。主啊,让我不要搞砸。别让我丢脸,让我做得"干景"。

让,让我做得"干景"。

干净。

干干净净。

计算一下追上那个低民、把大衣交给他,大概要用多久。大约九分钟,用六分钟绕过池边小路,外加三分钟冲上山坡,像是幽灵快递,或是慈悲天使,传递这份简单的礼物大衣。

纯粹是我个人的预估时间,NASA,基本上是我随便乱猜的。

我们知道,罗宾。合作这么久,我们很清楚你行事多么草率。

比方说,你登陆月球时放屁。

比方说,你那次算计梅尔,骗他说出:"报告总统先生,我们惊喜地发现一颗小行星绕着天王星运行。"①

---

① 英语中天王星(Uranus)和"你的肛门"同音。——译者注

这次的预估时间特别不靠谱,这个低民的脚程敏捷得令人意外。罗宾本身不是飞毛腿,他的腰围有点宽。爸爸曾预言,婴儿肥过几年将凝结成大块肌肉,就像美式足球的后卫那样。但愿如此,现在他只有一对略微丰满的男性胸部。

罗宾,快一点啦,苏珊说,那老头子看起来好可怜啊。

他是个笨蛋,罗宾说。由于苏珊太年轻,她还不懂,有些男人太蠢,总会给不比他笨的人制造难题。

老头子的时间不多了啊,苏珊说。她的口气濒临歇斯底里。

知道,快到了,他安慰苏珊。

我只是好怕好怕,她说。

算他走运,有我带着他的大衣,爬这座该死的山。山坡好陡,这可不是我的拿手项目,罗宾说。

我猜,这才是"英雄"的定义吧,苏珊说。

我猜也是,罗宾说。

我不是有意催促不休,她说,不过,他好像越走越远了。

你有什么建议?他说。

让我冒昧建议一下,苏珊说,因为我知道,你认为我俩能力不相上下,但各有专长,智力和建设性意见之类的东西由我包办,对不对?

对,对,愿闻其详,他说。

嗯,用几何学来考虑……

他明白苏珊的思考方向。她的思路相当正确,难怪他会爱上她。他必须横越结冰的池塘,略过环池小径,才能争取到宝贵的几秒。

等一等,苏珊说,会不会有危险?

不危险,他说,我走过无数次了。

请千万小心,苏珊恳求。

其实,只走过一次而已啦,他说。

你的态度好沉着哦,苏珊的语气是讽刺的。

其实一次也没有啦,他小声说。不愿吓到她。

你的勇气是凛然的,苏珊说。

他开始横穿池塘。

走在水面上的感觉其实挺酷的。夏天,池面漂着独木舟。假如被妈妈看见,保证她会勃然大怒。妈妈当他是玻璃做的。因为听她说,他婴儿时期动过手术。即使他只是使用订书机,妈妈也会发动全面警报。

但妈妈是个好人,是个可靠的辅导员,总是耐心指点他。她有着一头丰润的银丝,虽然嗓音沙哑,但其实她不抽烟,而且是个素食主义者。她从来没当过摩托车女郎,学校有些低能同学却声称她像。

他其实非常喜欢妈妈。

他现在大概横越了池塘的四分之三,或者说是百分之六十。

他和岸边之间还有一片灰色的区域。在夏天,有条小溪从这里注入池塘,现在看起来有点不太牢固。走到灰色区域边缘,他用枪托去顶了顶。稳固得很。

他走上去,脚下的冰稍微动了一下。大概这里比较浅吧,但愿如此。不妙了。

怎么了?苏珊语气中带着恐惧。

不太妙,他说。

你还是掉头回去吧,苏珊说。

但这种感觉不正是所有英雄在早年必须要克服的恐惧吗?能克服内心的恐惧,不正是真正的勇士的标志吗?

已经无路可退。

也许可以回头?也许可以,其实是应该回头。

冰面裂开了,男孩跌进池塘。

《那片教我谦逊之道的大草原》一书里,对作呕的状况只字未提。

在裂隙底部的我缓缓入眠之际,一股美满的感觉洋溢我心中,没有恐惧,没有不适,仅有在想起未完事物时兴起淡淡一缕哀愁。这就是死亡吗?我心想。死不过如此。

这位作者,你大名叫什么?我忘记了。我想跟你讲句话。你这个大混账。

他抖得不像样,像站在震中,顶在脖子上的头也在乱颤。他停下脚步,对着雪地吐了一会儿,蓝白的地面上一片黄白。

恐怖,现在觉得好恐怖。

每一步都是一场胜利,他必须记得这道理。每跨一步,他就能越走越"父亲",远离父亲,走得更远。① 每场胜仗多么难能可贵啊。战胜"劲弟"。

喉咙深处有一种非讲得字正腔圆不可的期许。

战胜劲敌,战胜劲敌。

哦,艾伦。

即使你变成了**那个**,你对我来说仍然是艾伦。

请你明白这一点。

---

① 父亲(father)和更远(farther)的英文发音相同,埃贝尔将两个词混淆使用。

跌倒了,爸爸说。

一时之间,他等着看自己会掉到什么地方,会痛到什么地步。接着,他的肚子被树干击中。他发现自己呈胎儿的姿势抱着树干。

该死。

哎哟,哎哟,受不了。几次手术下来,也历经了化疗,他始终没有哭,但他现在好想痛哭一场。不公平。这种事原本人人都可能碰到,现在碰到的却不是别人,就是他自己。他一直期望着神会特别关照他。但是没有,那个至高的存在/人屡次拒绝达成他的心愿。常听人说那个至高的存在/人特别眷顾你,而自己走到人生尽头,却发现没那回事。那个至高的存在/人是没有偏爱的。在它无意的运作中,凡人被压垮。

多年前,他和莫莉去参观"多彩的人体展",见到一个大脑切片,里面有个硬币大小的褐斑。夺走这个大脑的主人生命的,正是这个小小的褐斑。想必这人在世时也怀着希望和梦想,衣橱里装满长裤和其他东西,也珍藏着许多童年趣事:例如,盖奇公园柳荫下那群攒动的锦鲤,还有,祖母在飘散绿箭口香糖香味的皮包里翻找纸巾,诸如此类。若非这个褐斑肆虐,这人可能还活得好好的,正随着这里的人群走向中庭去吃午餐。但现在他已作古,在什么地方慢慢腐烂,脑袋空空。

埃贝尔当时看着人脑切片,优越感油然而生。可怜的家伙,碰到这种事真倒霉。

他带莫莉逃去中庭,买来热腾腾的司康饼,看着松鼠玩弄塑料杯。

现在,埃贝尔像胎儿一样抱着树,摸索着头上的疤痕。他想坐起来,没成功。试图拉着树干坐起身子,手却握不起来。他只好双手环抱树干,一只手握住另一只手的手腕,蹭着树干站起来,然后背靠着树坐下。

不赖吧?

还好。

其实很棒,也许就这样了。

也许他最远只能走到这里。他的心愿是盘腿坐在山顶巨岩上,但死就是死,死在哪里有什么差别?

现在他什么事也不必做,一动不动就是了。一动不动地回想,今天之所以能驱使自己下病床、上车下车、走过足球场、穿越树林的那些念头:莫莉汤姆乔迪躲在厨房里,满心同情/厌弃,莫莉汤姆乔迪被他痛骂得退缩,汤姆把这具瘦弱的躯体抱起来,好让莫莉乔迪拿抹布擦掉……

一切就要结束了,他可以免去将来所有的屈辱,再也不必忧愁未来几个月的"苦醋"。

苦楚。

到时候了,是吗?还不是时候。快了吧,再一小时?再坐四十分钟?真的要这样吗?真的,真的要吗?即使回心转意,仍有机会走回车上吗?他认为不可能。既来之则安之,保住尊严、脱离苦海的大好良机正握在他手里。

他只需要坐在原地不动。

我将永世不再抗拒。

专心看池塘的美景,专心看树林之美,灵魂即将回归这片美景,极目所望之处美不胜收……

哦,天啊。

哦,搞什么鬼。

池塘上有个孩子。

穿白衣的小胖子,拿着枪,扛着埃贝尔的大衣。

兔崽子,把大衣放下,给我滚回家去,别管别人的闲……

可恶。可恶。

孩子用枪托敲了敲冰面。

你可不想让孩子发现你,这会在他幼小的心灵留下疤痕。只不过,孩子们发现恐怖的事物是家常便饭。有一次他发现了一张老爸和弗拉芒太太的裸照,太吓人了。当然,再吓人也比不过发现一个盘腿冷笑的……

那孩子在游泳。

池塘禁止游泳。池边明明插着警告牌,禁止游泳。

那孩子的泳技真不高明,两脚在水面下乱踢一通。在孩子乱拍乱踢之下,黑水迅速向外扩张,每个动作都逐渐将冰面的范围……

不知不觉中,他开始往下走。孩子落水了,孩子落水了——在他脑海反复回放。他碎步向池边推进,从一棵树走向另一棵。他停下来喘气。你应该好好认识一棵树。这一棵上有三个节:眼,眼,鼻。这一棵从单株长成双株。

倏然间,他不再是病危的患者,不再是一个夜半醒来、躺在病床上一遍又一遍想着"但愿这不是真的,但愿这不是真的"的病人,而是,忽然又摇身变回那个把香蕉放进冷冻室,然后再拿出来砸成小块,淋上巧克力的人;变回那个冒着大雨站在教室窗外看着乔迪的人,有个红发混蛋不肯给她选书的机会;变回那个大学生,绘制一个个喂鸟器,周末拿到博尔德摆摊售卖;戴着小丑帽,表演一点杂耍……

他又差点跌倒,及时站稳,固定在半蹲的姿势,俯冲向前,面对着雪地趴下去,被突出的树根撞到下巴。

忍不住想笑。

几乎不笑不行。

他爬起来,固执地爬起来,右手变成血手。幸好他是坚强的人。有一次在美式足球场上,他的一颗牙齿被撞飞了。后来中场休息时间,牙齿被埃迪·布兰迪克捡到。他从埃迪手中接过牙齿,随手扔了。那也是从前的他。

急转"万"到了,池塘不远了,急转弯。

怎么办?到了池塘又能怎么办?把孩子救出池塘,叫孩子活动活动,强迫孩子走过树林,穿越足球场,走向普尔街的房子。如果没有人在家,就把小孩赶进日产车,把暖气开到最大,开车去痛苦圣母教会医院?急救中心?去急救中心最快的路线是哪一条?

还有五十码,就到小道的起点。

还有二十码,就是小道的起点。感谢上帝赐给我力量。

落水后,罗宾的思想全变成动物思想,没有文字,没有身体,全是盲目的恐慌。他决心放手一搏。他伸手抓住冰面边缘,冰面边缘碎裂了。他往下沉,踩到泥巴,反弹上升。他伸手抓住冰面边缘,冰面边缘碎裂,他往下沉。脱身看起来似乎很简单,但他就是无法脱身。就像在园游会玩打狗游戏,架子上排着木屑做的三只狗,似乎拿球一砸就中,但以手里球的数量来说,全砸中的可能性并不大。

罗宾想上岸。他知道岸边才适合他。但池塘一直对他说不。

一会儿过后,池塘改说:也许。

冰面边缘又破了,但在破冰的同时,他能挣扎着向岸边靠近一点点,下沉时能比较快踩到泥底。池岸有坡度。忽然间,得救有望了。他乐得抓狂,乐得从头到脚抽筋。不一会儿,他出水了,冰水从他身上流掉,一片破冰像碎玻璃,卡在大衣的袖口。

像梯形一样,他心想。

在他的脑海里,这座池塘不是背后这片面积有限的圆池,而是一望无际、铺天盖地的东西。

他觉得最好静静趴着,否则,刚才要他死的东西会想再试一次。那东西不只躲在池塘里,也躲在岸上,躲在大自然万物中,这里没有他,没有苏珊,没有妈妈,什么也没有,只有某个孩子"哇哇"的哭声,像吓破胆的婴儿。

埃贝尔跛着脚跑出树林,发现:孩子不见了。只见黑水,和一件绿色大衣。他的大衣,以前属于他的大衣,摆在冰上。池水已经渐渐平静。

哦,该死。

都怪你。

这孩子之所以会走过来,全因为……

岸边有一艘翻倒的小船,附近有个似乎还有意识的人,趴着,正在趴着做什么勾当。有个孩子溺水了,不但见死不救,竟然还趴在那里……

不对,重来。

趴着的人就是那个孩子,谢天谢地。孩子脸朝下趴着,就像布雷迪照片里的尸体一样。他的两腿仍泡在池里,像是爬到一半没力气了。他全身湿透了,白色大衣遇水变成灰色。

埃贝尔费劲拖了四次,总算把他拖上岸,却无力替他翻身,不过,至少让他转过头来,不至于让雪堵住嘴巴。

这孩子有麻烦了。

他湿透了,零下十二摄氏度。

死定了。

埃贝尔单膝跪地,扯着为人父的凝重嗓音,叫他爬起来,叫他动一动身子,否则保不住两腿,甚至可能送命。

孩子望着埃贝尔,眨眨眼,继续维持原状。

他揪着孩子的大衣,把他翻过来,以粗暴的手法逼他坐好。这孩子也在发抖,硬是把他的颤抖比了下去。这孩子看起来像是抱着一把电动钻一样。必须为孩子取暖,怎么个取暖法？抱住他，趴他身上？那样做不过是拿冰棍儿压冰棍儿。

埃贝尔想到自己的大衣，还躺在冰面上，在黑水的边缘。

唉。

想找一根树枝，四处找不到。急着用的时候，偏偏一根也找不到……

没关系，没关系，空手也行。

他沿池塘边向下走了五十英尺，踏上池塘的冰面，绕一大圈，只挑牢靠的地方走，转向岸边，开始走向黑水。他的膝盖开始发抖，为什么？他怕自己也落水。哈，胆小鬼，没用的东西。大衣就在十五英尺外。他的双腿不听话，他的双腿不听使唤。

医生，我的双腿不听使唤。

是啊，一看就知道。

碎步上前，大衣就在眼前十英尺处。他跪下，以狗爬式慢慢前进。索性趴下去，伸直一只手去够。

匍匐着向前滑行。

再前进一点点。

再前进一点点。

接着，用两根手指勾住大衣的一角，他把大衣拉了过来，然后倒退滑行回去，活像倒退着游蛙泳，最后直起上半身跪着、站起来、后退几步,再次远离黑水十五英尺,重返安全范围。

接下来的情形很像旧日时光,到了就寝时间,他哄已经迷迷糊糊的汤姆或乔迪上床睡觉。你说:"举手。"他们会抬起一只手;然后你说:"另一只手。"他们会抬起另一只手。脱掉他的外套之后,埃贝尔才发现,这孩子的上衣快结冰了。埃贝尔剥掉了孩子的上衣。可怜的小家伙,不过是粘着几团肉的骨架。小家伙是挺不过这种酷寒的。埃贝尔脱掉自己的睡衣上衣,替孩子穿上,帮孩子把手臂伸进大衣的袖子。埃贝尔的帽子和手套还塞在袖子里。他替孩子戴上帽子和手套,把外套的拉链拉上。

孩子的长裤被冻成硬块,皮靴冻成冰雕的靴子。

你要把一切都做对。埃贝尔坐在小船上,脱掉自己的靴子和袜子,剥掉自己的睡裤,让孩子坐在船上,跪在孩子面前,替他脱鞋子,轻轻捶打裤管,把冰敲掉,不久抽出了半条腿。在零下十二摄氏度的天气,适合脱掉孩子的衣裤吗?也许这种方法是错误的,也许反而会害死这孩子。他不确定,真的无从确定。情急之下,他再捶了裤管几下,总算脱掉了他的长裤。

埃贝尔为他穿上睡裤、袜子、皮靴。

孩子穿着埃贝尔的衣物,闭眼站着,身体摇摇晃晃。

要开始走了,好吗？埃贝尔说。

没反应。

埃贝尔轻轻拍了孩子肩膀一下,把他当成美式足球队员,鼓励他行动。

我陪你走回家,好吗？他说。你住这附近吗？

没反应。

他加了点力气,再拍一下。

孩子惊呼一声,一脸不解。

砰。

孩子开始走路。

砰砰。

像在逃命。

埃贝尔追着孩子跑起来,犹如牛仔在赶牛。起初孩子因为怕再挨打,所以开始走动,走几步之后恢复了意识和恐惧,开始狂奔。不久后,埃贝尔就再也跟不上了。

孩子跑到长椅,孩子跑到小道路口。

好孩子,回家去吧。

孩子消失在树林里。

埃贝尔回过神来。

哇,惨了。哇,不妙。

忙到不知冷,忙到不知累。

他伫立雪地,浑身只剩内裤,附近有一艘倒置的小船。

他蹒跚着,走向小船,坐在雪地上。

罗宾跑了起来。

经过长椅,来到小道路口,踏上熟悉的小径,冲进树林。

怎么一回事?刚刚发生什么事了?我掉进池塘了吗?牛仔裤被冻僵了?裤子变成不是牛仔裤了?本来应该是穿着白色牛仔裤。他低头看自己是否仍穿着白色牛仔裤。

他穿的是睡裤,裤脚塞进巨大的皮靴,看起来像小丑穿的裤子。

他刚刚哭了吗?

我认为哭一哭有益身心哦,苏珊说,这表示你心思细腻。

呃,不玩了。真实世界里,人家都把你喊成罗杰了,你还成天幻想跟她讲话,太蠢了。

好烦。

好累。

这里有一个树桩。

罗宾坐了下来。休息一下,感觉好舒服。他不想失去双脚。他的脚虽然不痛,但是也没有知觉。他不想死。年纪这么小,他还没有想过死。为了休息得更有效率,他躺了下去。天空好蓝。松树随风摇摆,摇摆的幅度不是每棵都相同。他举起裹在手套里的手,看着手打战。

他想闭眼片刻。走到人生某个阶段,人会心生走不下去的感觉。也好,死给大家看。这样,大家就会知道,欺负弱小并不是好玩的事。有时候,面对百般揶揄戏弄,他度日如年。有时候,在学校吃营养午餐,他坐在那块卷起来的摔跤垫上,附近有个断掉的双杠。他乖乖吃着午餐,闷到再也受不了。他没必要坐那里,但他如果改坐其他地方,总会引来一两句闲言。这些话传进他耳朵之后,他会一整天心烦不止。有时候,闲言的主题是他家乱七八糟。这种闲话的来源是布赖斯,因为布赖斯来过他家。有时候,闲言冲着他用语太有学问而来。有时候,闲言针对妈妈不入流的穿着。在此必须声明,妈妈真正崇尚1980年代的风格。

妈妈。

他讨厌同学拿妈妈当笑柄。妈妈不知道他在学校的地位多低,妈妈把他视为完美典范或是金童。

有一次,他执行一个秘密情报搜集行动,偷录妈妈的通话内容,为的只是加强侦查活动。采集到的通话内容多半沉闷、平淡,根本没提到他。

例外的是她和朋友利兹的一通电话。

妈妈对着电话说:爱一个人居然能爱到这种程度,我做梦也没想到。唉,你知道吗,我只担心自己可能无法符合他的期望。他这么善良,这么懂得感恩。这孩子值得一切,应该帮他转到更好的学校,可惜缴不起学费。应该带他出国玩,可惜旅费也超出能力范围。我只是不想让他失望,你知道吗?我这一生的愿望只有这一个,你知道吗,利兹?我只愿走到人生尽头的那天,我不至于愧对这个了不起的好小子。

电话讲到这里,听起来,利兹好像启动了吸尘器。

了不起的好小子。

他该站起来走走了。

了不起的好小子,可以用来当作自己的印第安名。

他站起来,捧着一大堆衣物,活像负荷过重的宫廷随从,往家的方向走去。

经过卡车废轮胎,从这里开始小道逐渐变宽,经过两棵大树在空中交叉的地方,看似两棵树伸手抱住了对方。妈妈把这叫作交织天花板。

经过足球场。家在球场的另一边,像一头庞大温顺的动物。太不可思议了,他活下来了。落入冰冷的池塘但活了下来,以后能侃侃而谈这段新鲜事了。他是小哭了一场,没错,但他随后能笑看一时之软弱,跋涉回家,带着一脸苦笑和困惑。而他必须承认并万分感激的是,托某位老先生及时相助,他才……

他赫然想起那位老人。怎么搞的?老人的影像闪过他的脑际,画面中的老人无助地站在雪地里,穿着紧身内裤,皮肤被冻青了,像战俘似的,被遗弃在带刺铁丝网前,因为卡车上已人满为患;也像一只受尽创伤的鹳,哀痛地向子女挥别。

而他居然拔腿就跑,竟然丢下了那位老人,完全没考虑到老人。

天啊。

他怎么做出这么孬种的事?

不回去不行,现在就回头,去帮助老人慢慢走出来。但罗宾好累,不确定能否走得动。也许老人会没事吧,也许老人自有老人的妙计。

然而,拔腿就跑是事实,罗宾咽不下这个事实。理智告诉他:补偿这件事的唯一办法是及时回头,挽救大局。他的身体却告诉他:太远了,你不过是个孩子,回家找妈妈,妈妈会知道怎么办。

他驻足足球场边缘,浑身麻木,犹如套着特大号松垮衣物的稻草人。

埃贝尔瘫靠着小舟坐着。

天气变得好快。公园空旷处,有人撑着太阳伞在散步。有一座旋转木马,有一支乐队,有一座凉亭。有人在几只木马上面煎着食物,其他木马背上却坐着孩子。孩子们怎么知道哪只木马不烫屁股?雪还在,但也维持不久,毕竟这种"大惹天"。

大热天。

你一闭眼就完了,你知道吧?

笑死人。

是艾伦。

事隔这么多年了,艾伦的嗓音完全没变。

这里是什么地方?野鸭池。他带孩子们来过这里无数次。该走了,再见,野鸭池。只不过,等等,他好像站不起来。何况,怎能丢下两个孩子不管?这里太靠近水了。一个孩子四岁,另一个六岁。搞什么鬼,太糊涂了吧,怎能把两个小可爱扔在池塘边。他们是好孩子,会乖乖等着,但他们难道不会等得无聊,跳下池塘游泳,还不穿救生衣?不行,不行,不行。光是想想就难受得要吐了。他非留下来不可。可怜的孩子们。被遗弃的可怜……

不对,倒带回去。

他的孩子们都是游泳高手。

他的孩子们和"被遗弃"三个字从来沾不上边。

他的孩子们早已长大成人了。

汤姆三十岁,玉树临风。汤姆用尽办法,想多学一点东西。虽然以专家自居(斗风筝、培育兔子),汤姆不久恍然觉醒:自己虽然是最贴心、最善解人意的孩子,对斗风筝/培育兔子的认识其实不高深,平常人上网浏览十分钟,就能做得比他更好。不是说汤姆不聪明,汤姆很聪明。汤姆学得很快。唉,汤姆,小汤姆,汤姆小子!那孩子真用心!他努力再努力,为了博得父爱。孩子啊,你得到了,你拥有了,汤姆,小汤姆,即使是现在我也把你放在心上,时时刻刻不忘你。

还有乔迪,乔迪住在遥远的圣达菲。她说她可以请假飞回家,视需要而定。但是,哪来的需要?他不想强求。孩子们有他们自己的生活。乔迪球球,雀斑点点的小脸蛋。现在怀孕了,未婚,甚至没有男朋友。那个蠢货拉斯,什么男人会甩掉这种大美女?乔迪是个彻头彻尾的甜心,刚开始在职场上有所斩获。哪有人工作才起步,说请假就请假……

照这种方式重建孩子们的成长过程,有助于恢复他们在他心中的真实感。这样下去……"雪愁"越滚越大,那怎么得了?雪球。乔迪快生孩子了,本来他能活到抱孙子。好悲哀,对,做出抉择,难免要牺牲一些东西。他已经在字条里解释了,有吗?没有。他没留遗书,不能写。基于什么因素不能写?有原因吗?他很确定有……

保险金。蓄意做这件事,自曝不得。

慌张了一下。

稍稍慌张了一下。

他来这里自我了断,了断自我,但牵扯到一个孩子。孩子在树林里乱逛,严重失温。在圣诞节前两星期走上绝路。这是莫莉最爱的节日。莫莉的心脏瓣膜有毛病,恐慌的时候会爆发,这件事恐怕会……

这不像……这不是他的作风。他不是做这种事情的人,他绝对不会做这种事。只不过他……确实做了。正在做,还在进行中。如果再不动,一定……一定能贯彻到底,一定会成功。

今昔此刻,你将赴天国,与我同在……

他必须抗争。

眼皮却一直往下掉。

他极力对莫莉传达最后几件心意:亲爱的,原谅我。我做了最差劲的一件事。忘掉我做过这件事,忘掉我这样结束生命。你了解我,你知道我的本意不是这样。

他在自己的家里,他不在自己家,他知道。但他却看得清楚家里的大小事物。有一张空病床,有一张全家福照片,背景是一道假的牛仔围栏。有一个小床头柜,药盒装着他的药,用来呼唤莫莉的铃铛。什么鬼东西啊,好残酷的东西。他突然认清铃铛的残酷,以及自私。唉,天啊,他是谁?前门打开,莫莉喊着他的名字。他想躲进日光室,再跳出来吓唬她。不知为什么,房子改装过了。日光室现在是肯德尔老师的日光室,她是他童年的钢琴老师。能让孩子在他练琴的房间学钢琴,该有多么好……

喂?肯德尔老师说。

她的意思是:还不要死。我们当中很多人想在日光室里严厉批评你。

喂,喂!她喊道。

有个银发女人绕过池塘走了过来。

他只要喊一喊就行。

他喊了出来。

为了保住他的命,女人开始在他身上猛堆世间的物品、有家的味道的东西——外套、毛衣、如雨而下的花朵、袜子、球鞋、帽子,而且她力大无穷,搀扶他站起来,带他穿越树林迷宫、树林仙境、冰晶垂挂的树。他身上的衣服堆得好高,就像聚会里堆满外套的床。她懂得该往哪里走,什么时候该休息。她力大如牛,而现在的他像个小婴儿,被她搂着腰,抱着跨越树根。

感觉他们走了好几个小时。她唱着歌,哄着他,咬牙骂他,对着他的额头猛戳(直戳额头),提醒他说:她该死的孩子还在家里,几乎被冻成冰人,不赶快回家不行。

上帝行行好吧,有好多事情要做。如果他活下去的话,他能活下去。这女人不肯让他说死就死。改天他势必要向莫莉解释说明——他做这种事的心路历程。我当时好害怕,我好害怕,小莫。也许莫莉会答应瞒着汤姆和乔迪。被孩子们知道他这么害怕,那怎么得了?被他们发现他做傻事,那怎么得了?唉,管那么多干吗?想讲就讲吧,公告天下吧!他是做了傻事!他被逼得走投无路,做出傻事,就这么简单。就是他做的,这事跟他本人无法分割。不再欺瞒,不再沉默,从此过着截然不同的新生活,只要他能……

他们横越了足球场。

他的日产车停在这里。

第一个想法是:上车,开回家。

哦,不,你不能。她以沙哑的嗓音笑着说,带他走进一栋房子,公园边的房子。他见过一百万次了,现在走了进来。他嗅到的是男人的汗臭、意大利面酱、旧书的气味,像一间图书馆,里面有几个男人挥汗煮着意大利面。女人在柴炉前放下他,让他坐着,帮他拿来一床褐色毛毯,有药味。不交谈,只下命令:喝这个,让我拿走那个,裹紧一点,你叫什么名字?电话是多少?

太奇妙了!从穿着内裤在雪地等死,转眼变成这样!温暖,色彩缤纷,墙上挂着鹿角,有一部手摇式的古董电话,像黑白无声电影里的道具。很奇妙,每一秒都奇妙。他没有穿着内裤死在下雪的池塘边,孩子没死,也没有害死任何人。哈!莫名其妙挽回了一切。现在事事回归正常了,万物皆……

女人弯腰摸了摸他的疤痕。

唉,哇,不会吧,她说,你刚刚该不会是想做那种事吧?

听见这话,他想起那块褐斑仍在他脑里。

哦,主啊,苦日子还在后头。

他还想活下去吗?

想,想,哦,上帝啊,想,求求你。

因为,好吧,这样说吧——他现在领悟到,假如某人来到人生终点,身心崩溃了,说了或做了傻事,需要被人照顾,凡事需要别人代劳,那又怎样?有什么大不了?谁规定不能讲怪话、做怪事、变得怪模怪样、变得恶心?谁规定屎不能顺着大腿往下流?谁规定亲人不准搬动他、让他弯腰、给他喂食、为他擦拭,毕竟他也会欣然做同样的事。被人搬动、弯腰、喂食、擦拭,感觉好屈辱,他以前惧怕过,现在仍怕。但如今他明白,今生仍有许许多多——许许多多甜蜜的点点滴滴,这是他现在的体会——幸福的点点滴滴,未来的日子仍有和乐融融的气氛,而这些和乐的点点滴滴,从来都不是,不由他"推举"。

推拒。

那孩子从厨房走出来,整个人几乎淹没在埃贝尔的大衣里,靴子脱掉了,睡裤的裤管堆在脚边。他轻轻牵起埃贝尔的血手,向埃贝尔道歉。为他在树林里不够义气的举动而道歉,为他跑掉而道歉。那时候他神志不清,有点被吓傻了。

埃贝尔粗着嗓门说:听着,你很厉害,你没做错事。我不是在这里吗?是谁救了我?

看吧,这点事他还是能办得到的。这样安慰孩子,他不会再内疚了吧?算是他对孩子力所能及的贡献吧。活下来的原因,这是一个,不是吗?没捡回一条命,怎么安慰别人?一命呜呼了,还能做什么事?

艾伦接近人生尽头时,埃贝尔曾以海牛为题,在学校做了个报告,获得了尤斯塔斯修女给的 A。她的要求可是相当严格的。她使用除草机时发生意外,右手少了两个手指,碰到学生捣乱,她常用这只手来吓人。

多年没回忆起这件事了。

他做完报告,修女把右手放在他肩膀上,不是想吓唬他,而是表达赞美的意思。报告做得很精彩。各位同学,你们应该向唐纳德看齐,认真看待自己的学业。唐纳德,我希望你回家跟父母分享这件事。放学后,他回家告诉了妈妈,妈妈建议他去和艾伦分享。在那天,艾伦气色好了一些,比**那个**好很多。而艾伦……

哈,哇,艾伦。他真了不起。

他坐在柴炉边,热泪盈眶。

那天艾伦——艾伦夸奖他好棒。他问了几个问题,关于海牛的生态。它们吃什么呢?能彼此沟通吗?以艾伦那时的状况,肯定很吃力!艾伦听他连续谈了四十分钟的海牛,还有他写的一首诗,一首十四行诗,歌颂海牛的诗。

艾伦有所起色,变回了原来的他,让埃贝尔很开心。

现在埃贝尔心想:我可以像他一样。我想尽量效法他。

脑袋里的人声颤巍巍、空洞、犹疑。

随即响起警笛声。

他莫名想起莫莉。

他听见莫莉来到门口。小莫,莫莉,从何说起。结婚之初,他们常吵架,骂尽最疯狂最难听的字眼。吵架后,有时会掉几滴泪。在床上落泪?然后,莫莉会把湿热的脸贴向他湿热的脸,两人会互相道歉,以身体道歉,欢迎对方回来。而那份感觉,对方一次又一次欢迎你回来的感觉,包容你初露的缺点的温情,那种感觉才是他有生以来最深刻、最真挚的……

她神色慌张地走进来,道歉连连,脸上有一抹怒意。他害莫莉尴尬了。他看得出来,他做了这种事,显示出莫莉疏于体会丈夫的需求,她因此尴尬。她太忙着照顾病人,没注意到病人有多害怕。莫莉因为他做出这种傻事而生气,在他需要呵护时自己却生气,因此又感到惭愧,于是赶紧抛开惭愧和怒火,关照病人最重要。

全写在她的脸上。他对莫莉太了解了。

另外,也写着关怀。

在那张可爱的脸蛋上,盖过其他所有情绪的是关怀。

她朝他走过来,陌生人家中的地板有点凹凸不平,她步履蹒跚了一下。

—全书完—

TENTH OF DECEMBER
Copyright © 2013 by George Saunders
本书中译本由时报文化出版企业股份有限公司委任安伯文化事业有限公司代理授权。
本书中文简体字版版权,浙江文艺出版社独家所有。
版权合同登记号:图字:11-2018-489号

图书在版编目(CIP)数据

十二月十日/(美)乔治·桑德斯著;宋瑛堂译.—杭州:浙江文艺出版社,2021.8
ISBN 978-7-5339-6475-7

Ⅰ.①十… Ⅱ.①乔… ②宋… Ⅲ.①短篇小说—小说集—美国—现代 Ⅳ.①I712.45

中国版本图书馆CIP数据核字(2021)第085019号

统　　筹	曹元勇
策划编辑	李　灿
责任编辑	眭静静
营销编辑	张赟喆　耿德加
责任印制	吴春娟
装帧设计	人马艺术设计·储平

十二月十日
[美] 乔治·桑德斯　著
宋瑛堂　译

出版发行	浙江文艺出版社
地　　址	杭州市体育场路347号
邮　　编	310006
电　　话	0571-85176953(总编办)
	0571-85152727(市场部)
印　　刷	上海中华商务联合印刷有限公司
开　　本	850毫米×1168毫米　1/32
字　　数	165千字
印　　张	9.875
插　　页	4
版　　次	2021年8月第1版
印　　次	2021年8月第1次印刷
书　　号	ISBN 978-7-5339-6475-7
定　　价	58.00元(精装)

版权所有　侵权必究
(如有印装质量问题,影响阅读,请与市场部联系调换)

一本书打开一个世界

欢迎订购、合作

订购电话：0571-85153371

服务热线：0571-85152727

KEY-可以文化

浙江文艺出版社

天猫旗舰店

关注 KEY-可以文化、浙江文艺出版社公众号，及浙江文艺出版社天猫旗舰店，随时获取最新图书资讯，享受最优购书福利以及意想不到的作家惊喜